벙어리 삼룡이

지은이 **나도향**

한국 근대 소설의 선구자.

인간 내면의 갈등과 사회적 억압을 사실적으로 탐구한 작가로 평가받고 있다. 그는 인간의 본성과 욕망, 그리고 사회의 부조리를 사실주의적 시각으로 묘사하며, 일제강점기의 고통스러운 현실 속에서 살아가는 인물들의 삶을 섬세하게 그려내는 작가로 알려져 있다.

대표작으로는 「벙어리 삼룡이」, 「물레방아」, 「뽕」, 「청춘」, 「환희」 등이 있다.

현대문학 짧은 이야기 7
벙어리 삼룡이

초판 1쇄 발행 2024년 11월 30일

지은이 나도향
펴낸이 백광석
펴낸곳 다온길

출판등록 2018년 10월 23일 제2018-000064호
전자우편 baik73@gmail.com

ISBN 979-11-6508-643-5 (03810)

벙어리 삼룡이

나도향 지음

다온길

서문

나도향의 소설이다.

짧은 이야기들을 모아 한 권의 책으로 내게 되었다.

나도향은 한국의 근대 소설가로, 인간의 내면적 갈등과 비극을 사실적으로 묘사한 작품들로 유명하다. 그는 일제강점기 시기와 그로 인한 사회적 억압 속에서 살아가는 인물들의 삶을 섬세하게 그려냈다. 그의 작품들은 한국 문학사에서 중요한 위치를 차지하고 있으며, 「벙어리 삼룡이」는 그의 대표적인 소설로 잘 알려져 있다. 이 작품은 사회에서 소외된 인물의 비극적인 삶을 통해 인간의 고통과 소외를 생생하게 드러내며, 그들의 비참한 현실과 본능적인 욕망을 탐구하고 있다.

나도향의 소설은 일제강점기 한국 문학을 인간 내면의 심리적 깊이와 사실주의적 시각으로 전환시키는 데 기여

하였으며, 그의 작품은 당대 사회의 부조리를 직시하고 그로 인해 고통받는 인간의 삶을 고찰하는 새로운 접근 방식을 제시했다고 평가받고 있다. 그의 소설은 인간의 본성과 그로 인한 비극, 그리고 사회적 현실을 깊이 있게 묘사하며, 독자들에게 강렬한 인상을 남긴다. 그의 작품에는 인간의 절망과 소망, 그리고 사회적 억압을 직시하는 요소들이 두드러진다.

개화기를 분수령으로 고전문학과 현대문학으로 나누어진다.

현대 문학은 개인에 대한 집중, 마음의 내적 작용에 대한 관심, 전통적인 문학적 형태와 구조에 대해 거부하며 작가들은 정체성, 소외, 인간의 조건과 같은 복잡한 주제와 아이디어를 탐구하는 게 특징이다.

'역사를 잊은 민족에게는 미래는 없다'는 말이 있듯, 과거의 현대문학을 보면 오늘을 살아가는 우리의 모습이 투영된다.

차례 ──────────────────────────────

1장
벙어리 삼룡이

1

　내가 열 살이 될락말락 한 때이니까 지금으로부터 십사오 년 전 일이다.

　지금은 그곳을 청엽정(靑葉町)이라 부르지만 그때는 연화봉(蓮花峰)이라고 이름하였다. 즉 남대문에서 바로 내려다보면은 오정포(午正砲)가 놓여 있는 산등성이가 있으니 그 산등성이 이쪽이 연화봉이요, 그 새에 있는 동네가 역시 연화봉이다.

　지금은 그곳에 빈민굴이라고 할 수밖에 없이 지저분한 촌락이 생기고 노동자들밖에 살지 않는 곳이 되어 버렸으나 그때에는 자기네 딴은 행세한다는 사람들이 있었다.

집이라고는 십여 호밖에 있지 않았고 그곳에 사는 사람들은 대개 과목밭을 하고, 또는 채소를 심거나, 아니면 콩나물을 길러서 생활을 하여 갔었다.

여기에 그중 큰 과목밭을 갖고 그중 여유 있는 생활을 하여 가는 사람이 하나 있었는데, 그의 이름은 잊어버렸으나 동네 사람들이 부르기를 오생원(吳生員)이라고 불렀다.

얼굴이 동탕하고 목소리가 마치 여름에 버드나무에 앉아서 길게 목늘여 우는 매미 소리같이 저르렁저르렁하였다.

그는 몹시 부지런한 중년 늙은이로 아침이면 새벽 일찍이 일어나서 앞뒤로 뒷짐을 지고 돌아다니며 집안일을 보살피는데 그 동네에는 그가 마치 시계와 같아서 그가 일어나는 때가 동네 사람이 일어나는 때였다. 만일 그가 아침에 돌아다니며 잔소리를 하지 않으면 동네 사람들이 이상하여 그의 집으로 가보면 그는 반드시 몸이 불편하여 누웠었다. 그러나 그와 같은 때는 일년 삼백육십 일에 한 번 있기가 어려운 일이요, 이태나 삼 년에 한 번 있거나 말거나 하였다.

그가 이곳으로 이사를 온 지는 얼마 되지는 아니하

나 언제든지 감투를 쓰고 다니므로 동네 사람들은 양반이라고 불렀고, 또 그 사람도 동네 사람들에게 그리 인심을 잃지 않으려고 섣달이면 북어쾌, 김톳을 동네 사람에게 나눠 주며 농사 때에 쓰는 연장도 넉넉히 장만한 후 아무 때나 동네 사람들이 쓰게 하므로 그 동네에서는 가장 인심 후하고 존경을 받는 집인 동시에 세력 있는 집이다.

그 집에는 삼룡(三龍)이라는 벙어리 하인 하나가 있으니 키가 본시 크지 못하여 땅딸보로 되었고 고개가 빼지 못하여 몸뚱이에 대강이를 갖다가 붙인 것 같다. 거기다가 얼굴이 몹시 얽고 입이 크다. 머리는 전에 새꼬랑지 같은 것을 주인의 명령으로 깎기는 깎았으나 불밤송이 모양으로 언제든지 푸 하고 일어섰다. 그래 걸어다니는 것을 보면, 마치 옴두꺼비가 서서 다니는 것같이 숨차 보이고 더디어 보인다. 동네 사람들이 부르기를 삼룡이라고 부르는 법이 없고 언제든지 '벙어리' '벙어리'라고 하든지 그렇지 않으면 '앵모' '앵모' 한다. 그렇지만 삼룡이는 그 소리를 알지 못한다.

그도 이 집 주인이 이리로 이사를 올 때에 데리고 왔으니 진실하고 충성스러우며 부지런하고 세차다. 눈치

로만 지내 가는 벙어리지마는 듣는 사람보다 슬기로운 적이 있고 평생 조심성이 있어서 결코 실수한 적이 없다.

아침에 일어나면 마당을 쓸고, 소와 돼지의 여물을 먹이며, 여름이면 밭에 풀을 뽑고 나무를 실어 들이고 장작을 패며, 겨울이면 눈을 쓸며 장 심부름과 진일 마른일 할 것 없이 못 하는 일이 없다.

그럴수록 이 집 주인은 벙어리를 위해 주며 사랑한다. 혹시 몸이 불편한 기색이 있으면 쉬게 하고, 먹고 싶어하는 듯한 것은 먹이고, 입을 때 입히고 잘 때 재운다.

그런데 이 집에는 삼대 독자로 내려오는 그 집 아들이 있다. 나이는 열일곱 살이나 아직 열네 살도 되어 보이지 않고 너무 귀엽게 기르기 때문에 누구에게든지 버릇이 없고 어리광을 부리며 사람에게나 짐승에게 잔인포악한 짓을 많이 한다.

동네 사람들은,

"후레자식! 아비 속상하게 할 자식! 저런 자식은 없는 것만 못해."

하고 욕들을 한다. 그래서 그의 어머니는 아들이 잘

못할 때마다 그의 영감을 보고,

"그 자식을 좀 때려 주구려. 왜 그런 것을 보고 가만두?"

하고 자기가 대신 때려 주려고 나서면,

"아뇨, 아직 철이 없어 그렇지. 저도 지각이 나면 그렇지 않을 것이 아뇨."

하고 너그럽게 타이른다.
그러면 마누라는 왜가리처럼 소리를 지르며,

"철이 없긴 지금 나이가 몇이오. 낼 모레면 스무 살이 되는데, 또 며칠 아니면 장가를 들어서 자식까지 날 것이 그래 가지고 무엇을 한단 말이오."

하고 들이대며,

"자식은 꼭 아버지가 버려 놓았습니다. 자식 귀여운

것만 알았지 버릇 가르칠 줄은 모르니까."

이렇게 싸움만 시작하려 하면 영감은 아무 말도 하지 않고 바깥으로 나가 버린다.

그 아들은 더구나 벙어리를 사람으로 알지도 않는다. 말 못 하는 벙어리라고 오고 가며 주먹으로 허구리를 지르기도 하고 발길로 엉덩이도 찬다.

그러면 그 벙어리는 어린것이 철없이 그러는 것이 도리어 귀엽기도 하고 또는 그 힘없는 팔과 힘없는 다리로 자기의 무쇠 같은 몸을 건드리는 것이 우습기도 하고 앙증하기도 하여 돌아서서 방그레 웃으면서 툭툭 털고 다른 곳으로 몸을 피해 버린다.

어떤 때는 낮잠자는 벙어리 입에다가 똥을 먹인 때도 있었다. 또 어떤 때는 자는 벙어리 두 팔 두 다리를 살며시 동여매고 손가락과 발가락 사이에 화승불을 붙여 놓아 질겁을 하고 일어나다가 발버둥질을 하고 죽으려는 사람처럼 괴로워하는 것을 보고 기뻐하였다.

이러할 때마다 벙어리의 가슴에는 비분한 마음이 꽉 들어찼다. 그러나 그는 주인의 아들을 원망하는 것보다도 자기가 병신인 것을 원망하였으며 주인의 아들을 저주한다는 것보다 이 세상을 저주하였다.

　그러나 그는 결코 눈물을 흘리지 않았다. 그의 눈물은 나오려 할 때 아주 말라붙어 버린 샘물과 같이 나오려 하나 나오지를 아니하였다. 그는 주인의 집을 버릴 줄 모르는 개 모양으로 자기가 있어야 할 곳은 여기밖에 없고 자기가 믿을 것도 여기 있는 사람들밖에 없을 줄 알았다. 여기서 살다가 여기서 죽는 것이 자기의 운명인 줄밖에 알지 못하였다. 자기의 주인 아들이 때리고 지르고 꼬집어뜯고 모든 방법으로 학대할지라도 그것이 자기에게 으레 있을 줄밖에 알지 못하였다. 아픈 것도 그 아픈 것이 으레 자기에게 돌아올 것이요, 쓰린 것도 자기가 받지 않아서는 안 될 것으로 알았다. 그는 이 마땅히 자기가 받아야 할 것을 어떻게 해야 면할까 하는 생각을 한 번도 하여 본 일이 없었다.

　그가 이 집에서 떠나가려거나 또는 그의 생활환경에서 벗어나려는 생각은 한 번도 해보지 못하였다 할지라도 그는 언제든지 그 주인 아들이 자기를 학대하고 또는 자기를 못살게 굴 때 그는 자기의 주먹과 또는 자기의 힘을 생각하여 보았다.

　주인 아들이 자기를 때릴 때 그는 주인 아들 하나쯤

은 넉넉히 제지할 힘이 있는 것을 알았다.

어떠한 때는 아픔과 쓰림이 자기의 몸으로 스미어들 때면 그의 주먹은 떨리면서 어린 주인의 몸을 치려 하다가는 그것을 무서운 고통과 함께 꽉 참았다.

그는 속으로,

"아니다, 그는 나의 주인의 아들이다. 그는 나의 어린 주인이다."

하고 꾹 참았다.

그리고는 그것을 얼핏 잊어버렸다. 그러다가도 동넷집 아이들과 혹시 장난을 하다가 주인 아들이 울고 들어올 때에는 그는 황소같이 날뛰면서 주인을 위하여 싸웠다. 그래서 동네에서도 어린애들이나 장난꾼들이 벙어리를 무서워하여 감히 덤비지를 못하였다. 그리고 주인 아들도 위급한 경우에는 언제든지 벙어리를 찾았다. 벙어리는 얻어맞으면서도 기어드는 충견 모양으로 주인의 아들을 위하여 싫어하지 않고 힘을 다하였다.

2

벙어리가 스물세 살이 될 때까지 그는 물론 이성과 접촉할 기회가 없었다. 동네의 처녀들이 저를 '벙어리' '벙어리' 하며 괴상한 손짓과 몸짓으로 놀려먹음을 받을 적에 분하고 골나는 중에도 느긋한 즐거움을 느끼어 본 일은 있었으나 그가 결코 사랑으로써 어떠한 여자를 대해 본 일은 없었다.

그러나 정욕을 가진 사람인 벙어리도 그의 피가 차디찰 리는 없었다. 혹 그의 피는 더욱 뜨거웠을는지도 알 수 없었다. 뜨겁다 뜨겁다 못하여 엉기어 버린 엿과 같을지도 알 수 없었다. 만일 그에게 볕을 주거나 다시 뜨거운 열을 준다면 그의 피는 다시 녹을는지도 알 수 없었다.

그가 깜박깜박하는 기름 등잔 아래에서 밤이 깊도록 짚신을 삼을 때면 남모르는 한숨을 아니 쉬는 것도 아니지마는 그는 그것을 곧 억제할 수 있을 만큼 정욕에 대하여 벌써부터 단념을 하고 있었다.

마치 언제 폭발이 될는지 알지 못하는 휴화산 모양으로 그의 가슴속에는 충분한 정열을 깊이 감추어 놓았

17

으나 그것이 아직 폭발될 시기가 이르지 못한 것이었다. 비록 폭발이 되려고 무섭게 격동함을 벙어리 자신도 느끼지 않는 바는 아니지마는 그는 그것을 폭발시킬 조건을 얻기 어려웠으며 또는 자기가 여태까지 능동적으로 그것을 나타낼 수가 없을 만큼 외계의 압축을 받았으며, 그것으로 인한 이지가 너무 그에게 자제력을 강대하게 하여 주는 동시에 또한 너무 그것을 단념만 하게 하여 주었다.

속으로 '나는 벙어리다', 자기가 생각할 때 그는 몹시 원통함을 느끼는 동시에 나는 말하는 사람들과 똑같은 자유와 똑같은 권리가 없는 줄 알았다. 그는 이와 같은 생각에서 언제든지 단념 않으려야 단념하지 않을 수 없는 그 단념이 쌓이고 쌓이어 지금에는 다만 한 개의 기계와 같이 이 집에 노예가 되어 있으면서도 그것을 자기의 천직으로 알고 있을 뿐이요, 다시는 자기가 살아갈 세상이 없는 것같이밖에 알지 못하게 된 것이다.

3

그해 가을이다. 주인의 아들이 장가를 들었다. 색시는 신랑보다 두 살 위인 열아홉 살이다. 주인이 본시 자기가 언제든지 문벌이 얕은 것을 한탄하여 신부를 구할 때에 첫째 조건이 문벌이 높아야 할 것이었다. 그러나 문벌 있는 집에서는 그리 쉽게 색시를 내놓을 리가 없었다. 그러므로 하는 수 없이 그 어떠한 영락한 양반의 딸을 돈을 주고 사오다시피 하였으니, 무남독녀의 딸을 둔 남촌 어떤 과부를 꿀을 발라서 약혼을 하고 혹시나 무슨 딴소리가 있을까 하여 부랴부랴 성례식을 시켜 버렸다.

혼인할 때의 비용도 그때 돈으로 삼만 냥을 썼다. 그리고 아들의 처갓집에 며느리 뒤 보아 주는 바느질삯, 빨랫삯이라는 명목으로 한 달에 이천오백 냥씩을 대어 주었다.

신부는 자기 아버지가 돌아가기 전까지 상당히 견디기도 하고 또는 금지옥엽같이 기른 터이라, 구식 가정에서 배울 것 읽힐 것 못 하는 것이 없고 게다가 또는 인물이라든지 행동거지에 조금도 구김이 있지 아니하다.

신부가 오자 신랑의 흠절이 생기기 시작하였다.

"신부에게다 대면 두루미와 까마귀지."

"아직도 철딱서니가 없어."

"색시에게 쥐어 지내겠지."

"신랑에겐 과하지."

동넷집 말 좋아하는 여편네들이 모여 앉으면 이렇게 비평들을 한다. 어떠한 남의 걱정 잘 하는 마누라님은 간혹 신랑을 보고는 그대로 세워 놓고,

"글쎄, 인제는 어른이 되었으니 셈이 좀 나요, 저리구 어떻게 색시를 거느려 가누. 색시방에 들어가기가 부끄럽지 않담."

하고 들이대다시피 하는 일이 있다.

이럴 적마다 신랑의 마음은 그 말하는 이들이 미웠다. 일부러 자기를 부끄럽게 하려고 하는 것 같아서 그 후에 그를 만나면 말도 안 하고 인사도 하지 아니한다.

또 그의 고모 되는 이가 와서 자기 조카를 보고,

"인제는 어른이야. 너도 그만하면 지각이 날 때가 되

지 않았니. 네 처가 부끄럽지 아니하냐."

하고 타이를 적마다 그의 마음은 그 말하는 사람이
부끄럽다는 것보다도 자기를 이렇게 하게 한 자기 아내
가 더욱 밉살머리스러웠다.

"여편네가 다 무엇이냐? 저 빌어먹을년이 들어오더니
나를 이렇게 못살게들 굴지."

혼인한 지 며칠이 못 되어 그는 색시방에 들어가지
를 않았다. 집안에서는 야단이 났다. 마치 돼지나 말 새
끼를 혼례시키려는 것같이 신랑을 색시방으로 집어넣으
려 하나 막무가내였다. 그럴 때마다 신랑은 손에 닥치는
대로 집어 때려서 자기의 외사촌 누이의 이마를 뚫어서
피까지 나게 한 일이 있었다. 집안 식구들이 하는 수가
없어 맨 나중에는 아버지에게 밀었다. 그러나 그것도 소
용이 없을 뿐더러 풍파를 더 일으키게 하였다. 아버지께
꾸중을 듣고 들어와서는 다짜고짜로 신부의 머리채를
쥐어 잡아 마루 한복판에 태질을 쳤다.
그리고는,

"이년, 네 집으로 가거라. 보기 싫다. 내 눈앞에는 보이지도 마라."

하였다. 밥상을 가져오면 그 밥상이 마당 한복판에서 재주를 넘고, 옷을 가져오면 그 옷이 쓰레기통으로 나간다.

이리하여 색시는 시집오던 날부터 팔자 한탄을 하고서 날마다 밤마다 우는 사람이 되었다.

울면 요사스럽다고 때린다. 또 말이 없으면 빙충맞다고 친다. 이리하여 그 집에는 평화스러운 날이 하루도 없었다.

이것을 날마다 보는 사람 가운데 알 수 없는 의혹을 품게 된 사람이 하나 있으니 그는 곧 벙어리 삼룡이었다.

그렇게 예쁘고 유순하고 그렇게 얌전한, 벙어리의 눈으로 보아서는 감히 손도 대지 못할 만큼 선녀 같은 색시를 때리는 것은 자기의 생각으로는 도저히 풀 수 없는 의심이었다.

보기에도 황홀하고 건드리기도 황홀할 만큼 숭고한 여자를 그렇게 하대한다는 것은 너무나 세상에 있지 못할 일이다. 자기는 주인 새서방에게 개나 돼지같이 얻어

맞는 것이 마땅한 이상으로 마땅하지마는, 선녀와 짐승의 차가 있는 색시와 자기가 똑같이 얻어맞는 것은 너무 무서운 일이다. 어린 주인이 천벌이나 받지 않을까 두렵기까지 하였다.

어떠한 달밤, 사면은 고요적막하고 별들은 드문드문 눈들만 깜박이며 반달이 공중에 뚜렷이 달려 있어 수은으로 세상을 깨끗하게 닦아낸 듯이 청명한데, 삼룡이는 검둥개 등을 쓰다듬으며 바깥 마당 멍석 위에 비슷이 드러누워 하늘을 쳐다보며 생각하여 보았다.

주인 색시를 생각하면 공중에 있는 달보다도 더 곱고 별들보다도 더 깨끗하였다. 주인 색시를 생각하면 달이 보이고 별이 보이었다. 삼라만상을 씻어 내는 은빛보다도 더 흰 달이나 별의 광채보다도 그의 마음이 아름답고 부드러운 듯하였다. 마치 달이나 별이 땅에 떨어져 주인 새아씨가 된 것도 같고 주인 새아씨가 하늘에 올라가면 달이 되고 별이 될 것 같았다.

더구나 자기를 어린 주인이 때리고 꼬집을 때 감히 입 벌려 말은 하지 못하나 측은하고 불쌍히 여기는 정이 그의 두 눈에 나타나는 것을 다시 생각할 때 그는 부들부들한 개 등을 어루만지면서 감격을 느꼈다. 개는 꼬리를

23

치며 자기를 귀여워하는 줄 알고 벙어리의 손을 핥았다.

삼룡이의 마음은 주인 아씨를 동정하는 마음으로 가득 찼다. 또는 그를 위하여서는 자기의 목숨이라도 아끼지 않겠다는 의분에 넘치었다. 그것은 마치 살구를 보면 입 속에 침이 도는 것같이 본능적으로 느껴지는 감정이었다.

4

새댁이 온 뒤에 다른 사람들은 자유로운 안 출입을 금하였으나 벙어리는 마치 개가 맘대로 안에 출입할 수 있는 것같이 아무 의심 없이 출입할 수가 있었다.

하루는 어린 주인이 먹지 않던 술이 잔뜩 취하여 무지한 놈에게 맞아서 길에 자빠진 것을 업어다가 안으로 들여다 누인 일이 있었다. 그때에 아무도 안에 있지 않고 다만 새색시 혼자 방에서 바느질을 하고 있다가 이 꼴을 보고 벙어리의 충성된 마음이 고마워서, 그 후에 쓰던 비단 헝겊조각으로 부시 쌈지 하나를 만들어 준 일이 있었다.

이것이 새서방님의 눈에 띄었다. 그래서 색시는 어떤 날 밤 자던 몸으로 마당 복판에 머리를 푼 채 내동댕이

가 쳐졌다. 그리고 온몸에 피가 맺히도록 얻어맞았다.

이것을 본 벙어리는 또다시 의분의 마음이 뻗쳐 올라왔다. 그래서 미친 사자와 같이 뛰어들어가 새서방님을 내어던지고 새색시를 둘러메었다. 그리고 나는 수리와 같이 바깥 사랑 주인 영감 있는 곳으로 뛰어가 그 앞에 내려놓고 손짓과 몸짓을 열 번 스무 번 거푸 하며 하소연하였다.

그 이튿날 아침에 그는 주인 새서방님에게 물푸레로 얼굴을 몹시 얻어맞아서 한쪽 뺨이 눈을 얼러서 피가 나고 주먹같이 부었다. 그 때릴 적에 새서방의 입에서 나오는 말은,

"이 흉측한 벙어리 같으니, 내 여편네를 건드려!"

하고 부시 쌈지를 빼앗아 갈가리 찢어서 뒷간에 던졌다.

"그러고 이놈아! 인제는 주인도 몰라보고 막 친다. 이런 것은 죽여야 해!"

하고 채찍으로 그의 뒷덜미를 갈겨서 그 자리에 쓰러지게 하였다.

벙어리는 다만 두 손으로 빌 뿐이었다. 말도 못 하고 고개를 몇백 번 코가 땅에 닿도록 그저 용서해 달라고 빌기만 하였다. 그러나 그의 가슴에는 비로소 숨겨 있던 정의감이 머리를 들기 시작하였다. 그는 아픈 것을 참아가면서도 북받치는 분노(심술)를 억제하였다.

그때부터 벙어리는 안방에 들어가지 못하였다. 이 들어가지 못하는 것이 더욱 벙어리로 하여금 궁금증이 나게 하였다. 그 궁금증이라는 것이 묘하게 빛이 변하여 주인 아씨를 뵈옵고 싶은 심정으로 변하였다. 뵈옵지 못하므로 가슴이 타올랐다. 몹시 애상의 정서가 그의 가슴을 저리게 하였다. 한 번이라도 아씨를 뵈올 수가 있으면 하는 마음이 나더니 그의 마음의 넋은 느끼기를 시작하였다. 센티멘틀한 가운데에서 느끼는 그 무슨 정서는 그에게 생명 같은 희열을 주었다. 그것과 자기의 목숨이라도 바꿀 수 있을 것 같았다. 어떤 때는 그대로 대강이로 담을 뚫고 들어가고 싶도록 주인 아씨를 뵈옵고 싶은 것을 꾹 참을 때도 있었다.

그 후부터는 밥을 잘 먹을 수가 없었다. 일도 손에

잡히지 않았다. 틈만 있으면 안으로만 들어가고 싶었다.

주인이 전보다 많이 밥과 음식을 주고 더 편하게 하여 주었으나 그것이 싫었다. 그는 밤에 잠을 자지 않고 집 가장자리를 돌아다녔다.

5

하루는 주인 새서방님이 술이 취하여 들어오더니 집 안이 수선수선하여지며 계집 하인이 약을 사러 갔다 들어오는 것을 보고 그 계집 하인을 붙잡았다. 그리고 무엇이냐고 물었다.

계집 하인은 한 주먹을 뒤통수에 대고 얼굴을 쓰다듬으며 둘째손가락을 내밀었다. 그것은 그 집 주인은 엄지손가락이요, 둘째손가락은 새서방이라는 뜻이요, 주먹을 뒤통수에 대는 것은 여편네라는 뜻이요, 얼굴을 문지르는 것은 예쁘다는 뜻으로 벙어리에게 쓰는 암호다.

그런 뒤에 다시 혀를 내밀고 눈을 뒤집어쓰는 형상을 하고 두 팔을 싹 벌리고 뒤로 자빠지는 꼴을 보이니, 그것은 사람이 죽게 되었거나 앓을 적에 하는 말 대신의 손짓이다.

벙어리는 눈을 크게 뜨고 계집 하인에게 한 발자국 가까이 들어서며 놀라는 듯이 멀거니 한참이나 있었다.

그의 가슴은 무섭게 격동하였다. 자기의 그리운 주인 아씨가 죽었다는 말이나 아닌가, 그는 두 주먹을 마주 치며 한숨을 쉬었다. 그리고는 자기 방에서 무엇을 생각하는 것처럼 두어 시간이나 두 눈만 껌벅껌벅하고 앉았었다.

그는 밤이 깊어 갈수록 궁금증 나는 사람처럼 일어섰다 앉았다 하더니 두시나 되어서 바깥으로 나가서 뒤로 돌아갔다.

그는 도둑놈처럼 조심스럽게 바로 건넌방 뒤 미닫이 앞 담에 서서 주저주저하더니 담을 넘었다. 가까이 창 앞에 서서 문 틈으로 안을 살피다가 그는 진저리를 치며 물러섰다.

어두운 밤에 그의 손과 발이 마치 그 뒤에 서 있는 감나무 잎같이 떨리더니 그대로 문을 박차고 뛰어들어갔을 때, 그의 팔에는 주인 아씨가 한 손에는 기다란 명주 수건을 들고서 한 팔로 벙어리의 가슴을 밀치며 뻗디디었다. 벙어리는 다만 눈이 뚱그래서 '에헤' 소리만 지르고 그 수건을 뺏으려 애쓸 뿐이다.

집안이 야단났다.

"집안이 망했군!"
"어디 사내가 없어서 벙어리를!"
"어떻든 알 수 없는 일이야!"

하는 소리가 이구석 저구석에서 수군댄다.

6

그 이튿날 아침에 벙어리는 온몸이 짓이긴 것이 되어 마당에 거꾸러져 입에서 피를 토하며 신음하고 있었다. 그 곁에서는 새서방이 쇠줄 몽둥이를 들고서 문초를 한다.

"이놈!"

하고는 음란한 흉내는 모조리 하여 가며 건넌방을 가리킨다. 그러나 벙어리는 손을 내저을 뿐이다. 또 몽둥이에는 살점이 묻어 나왔다. 그리고 피가 흘렀다.

벙어리는 타들어가는 목으로 소리도 못 내며 고개만 내젓는다. 그는 피를 토하며 거꾸러지며 이마를 땅에 비비며 고개를 내흔든다. 땅에는 피가 스머든다. 새서방은 채찍 끝에 납뭉치를 달아서 가슴을 훔쳐 갈겼다가 힘껏 잡아 뽑았다. 벙어리는 그대로 거꾸러지며 말이 없었다.

새서방은 그래도 시원치 못하였다. 그는 어제 벙어리가 새로 갈아 놓은 낫을 들고 달려왔다. 그는 그 시퍼렇게 날선 낫을 번쩍 들었다. 그래서 벙어리를 찌르려 할 때 벙어리는 한 팔로 그것을 받았고, 집안 사람들은 달려들었다. 벙어리는 낫을 뿌리쳐 저리로 내던졌다.

주인은 집안이 망하였다고 사랑에 누워서 모든 일을 들은 체 만 체 문을 닫고 나오지를 아니하며, 집안에서는 색시를 쫓는다고 야단이다. 그날 저녁에 벙어리는 다시 끌려 나왔다. 그때에는 주인 새서방이 그의 입던 옷과 신짝을 주며 눈을 부릅뜨고 손을 멀리 가리키며,

"가! 인제는 우리집에 있지 못한다."

하였다. 이 소리를 듣는 벙어리는 기가 막혔다. 그에게는 이 집 외에 다른 집이 없다. 살 곳이 없었다. 자기는

언제든지 이 집에서 살고 이 집에서 죽을 줄밖에 몰랐다. 그는 새서방님의 다리를 껴안고 애걸하였다. 말도 못하는 것을 몸짓과 표정으로 간곡한 뜻을 표하였다. 그러나 새서방님은 발길로 지르고 사람을 불렀다.

"이놈을 좀 내쫓아라."

벙어리가 죽은 개 모양으로 끌려 나갔다. 그리고 대갈빼기를 개천 구석에 들이박히면서 나가 곤드라졌다가 일어서서 다시 들어오려 할 때에는 벌써 문이 닫혀 있었다. 그는 문을 두드렸다. 그의 마음으로는 주인 영감을 찾았으나 부를 수가 없었다. 그가 날마다 열고 날마다 닫던 문이 자기가 지금은 열려 하나 자기를 내어쫓고 열리지를 않는다. 자기가 건사하고 자기가 거두던 모든 것이 오늘에는 자기의 말을 듣지 않는다. 어려서부터 지금까지 모든 정성과 힘과 뜻을 다하여 충성스럽게 일한 값이 오늘에는 이것이다.

그는 비로소 믿고 바라던 모든 것이 자기의 원수란 것을 알았다. 그는 모든 것을 없애 버리고 자기도 또한 없어지는 것이 나은 것을 알았다.

그날 저녁 밤은 깊었는데 멀리서 닭이 우는 소리와 함께 개 짖는 소리만이 들린다. 난데없는 화염이 벙어리 있던 오생원 집을 에워쌌다. 그 불을 미리 놓으려고 준비하여 놓았는지 집 가장자리 쪽 돌아가며 흩어 놓은 풀에 모조리 돌라붙어 공중에서 내려다보면 집의 윤곽이 선명하게 보일 듯이 타오른다.

불은 마치 피 묻은 살을 맛있게 잘라 먹는 요마(妖魔)의 혓바닥처럼 날름날름 집 한 채를 삽시간에 먹어 버리었다. 이와 같은 화염 속으로 뛰어들어가는 사람이 하나 있으니 그는 다른 사람이 아니라 낮에 이 집을 쫓겨난 삼룡이다. 그는 먼저 사랑에 가서 문을 깨뜨리고 주인을 업어다가 밭 가운데 놓고 다시 들어가려 할 제 그의 얼굴과 등과 다리가 불에 데어 쭈그러져 드는 것을 알지 못하였다.

그는 건넌방으로 뛰어들었다. 그러나 색시는 없었다. 다시 안방으로 뛰어들었다. 그러나 또 없고 새서방이 그의 팔에 매달리어 구원하기를 애원하였다. 그러나 그는 그것을 뿌리쳤다. 다시 서까래에 불이 시뻘겋게 타면서 그의 머리에 떨어졌다. 그러나 그는 그것을 몰랐다. 부엌으로 가보았다. 거기서 나오다가 문설주가 떨어지며 왼

팔이 부러졌다. 그러나 그것도 몰랐다. 그는 다시 광으로 가보았다. 거기도 없었다. 그는 다시 건넌방으로 들어갔다. 그때야 그는 색시가 타죽으려고 이불을 쓰고 누워 있는 것을 보았다. 그는 색시를 안았다. 그리고는 길을 찾았다. 그러나 나갈 곳이 없었다. 그는 하는 수 없이 지붕으로 올라갔다. 그는 비로소 자기의 몸이 자유롭지 못한 것을 알았다. 그러나 그는 자기가 여태까지 맛보지 못한 즐거운 쾌감을 자기의 가슴에 느끼는 것을 알았다. 색시를 자기 가슴에 안았을 때 그는 이제 처음으로 살아난 듯하였다. 그는 자기의 목숨이 다한 줄 알았을 때, 그 색시를 내려놓을 때는 그는 벌써 목숨이 끊어진 뒤였다. 집은 모조리 타고 벙어리는 색시를 무릎에 뉘고 있었다. 그의 울분은 그 불과 함께 사라졌을는지! 평화롭고 행복스러운 웃음이 그의 입 가장자리에 엷게 나타났을 뿐이다.

2장

물레방아
. . . .

1

덜컹덜컹 홈통에 들었다가 다시 쏟아져 흐르는 물이 육중한 물레방아를 번쩍 쳐들었다가 쿵 하고 확 속으로 내던질 제 머슴들의 콧소리는 허연 겻가루가 켜켜 앉은 방앗간 속에서 청승스럽게 들려 나온다.

살 살 살, 구슬이 되었다가 은가루가 되고 댓줄기같이 뻗치었다가 다시 쾅 쾅 쏟아져 청룡이 되고 백룡이 되어 용솟음쳐 흐르는 물이 저쪽 산모퉁이를 십 리나 두고 돌고, 다시 이쪽 들 복판을 오 리쯤 꿰뚫은 뒤에 이방원(芳源)이가 사는 동네 앞 기슭을 스쳐 지나가는데 그 위에 물레방아 하나가 놓여 있다.

물레방아에서 들여다보면 동북간으로 큼직한 마을

이 있으니 이 마을의 가장 부자요, 가장 세력이 있는 사람으로 이름을 신치규(申治圭)라고 부른다. 이 방원이라는 사람은 그 집의 막실(幕室)살이를 하여 가며 그의 땅을 경작하여 자기 아내와 두 사람이 그날그날을 지내 간다.

어떠한 가을밤 유난히 밝은 달이 고요한 이 촌을 한적하게 비칠 때 그 물레방앗간 옆에 어떠한 여자 하나와 어떤 남자 하나가 서서 이야기를 하는 소리가 들리었다.

그 여자는 방원의 아내로 지금 나이가 스물두 살, 한참 정열에 타는 가슴으로 가장 행복스러울 나이의 젊은 여자요, 그 남자는 오십이 반이 넘어 인생으로서 살아올 길을 다 살고서 거의 거의 쇠멸의 구렁이를 향하여 가는 늙은이다.

그의 말소리는 마치 그 여자를 달래는 것같이,

"애, 내 말이 조금도 그를 것이 없지? 손네 할멈에게도 자세한 말을 들었을 터이지마는 너 생각해 보아라. 네가 허락만 하면 무엇이든지 네가 하고 싶다는 것은 내가 전부 해줄 터이란 말야. 그까짓 방원이녀석하고 네가 몇백 년 살아야 언제든지 막실 구석을 면하지 못할 터이니. 허허, 사람이란 젊어서 호강해 보지 못하면 평생 호강 한 번 하여 보지 못하고 죽을 것이 아니냐. 내가 말하는 것이 조금도 잘못하는 것이 없느니라! 대강 너의 말을 쇤네 할멈에게 듣기는 들었으나 그래도 너에게 한 번 바로 대고 듣는 것만 못해서 이리로 만나자고 한 것이다. 너의 마음은 어떠냐? 어디 허허, 내 앞이라고 조금도 어떻게 알지 말고 이야기해 봐, 응?"

이 늙은이는 두말할 것 없이 신치규다. 그는 탐욕스러운 눈으로 방원의 계집을 들여다보며 한 손으로 등을 두드린다.

새침한 얼굴이 파르족족하고 기다란 눈썹과 검푸른 두 눈 가장자리에 예쁜 입, 뽀로통한 뺨이며 콧날이 오똑한데다가 후리후리한 키에 떡벌어진 엉덩이가 아무리 보더라도 무섭게 이지적(理智的)인 동시에 또는 창부형(娼婦型)으로 생긴 여자이다.

계집은 아무 말이 없이 서서 짐짓 부끄러운 태를 지으며 매혹적인 웃음을 생긋 웃고는 고개를 돌렸다. 그 웃음이 얼마나 짐승 같은 신치규의 만족을 사게 되었으며, 또는

마음을 충동시켰는지 희끗희끗한 수염이 거의 계집의 뺨에 닿도록 더 가까이 와서,

"응? 왜 대답이 없니? 부끄러워서 그러니? 그렇게 부끄러워할 일은 아닌데."

하고 계집의 손을 잡으며,

"손도 이렇게 예쁜 줄은 여태까지 몰랐구나. 참 분결 같다. 이렇게 얌전히 생긴 애가 방원 같은 천한 놈의 계집이 되어 일평생을 그대로 썩는다는 것은 너무 가엾고 아깝지 않으냐? 얘."

계집은 몸을 돌리려고 하지도 않고 영감이 하는 대로 내버려두며 눈으로 땅만 내려다보고 섰다가 가까스로 입을 떼는 듯하더니,

"제 말야 모두 손네 할멈이 여쭈었지요. 저에게는 너무 분수에 과한 말씀이니까요."
"온, 천만의 소리를 다 하는구나. 그게 무슨 소리냐.

너도 아다시피 내가 너를 장난삼아 그러는 것도 아니겠고 후사(後嗣)가 없어 그러는 것이니까 네가 내 아들이나 하나 나주렴. 그러면 내 것이 모두 네 것이 되지 않겠니? 자아, 그러지 말고 오늘 허락을 하렴. 그러면 내일이라도 방원이란 놈을 내쫓고 너를 불러들일 터이니."

"어떻게 내쫓을 수가 있에요."

"허어, 그것이 그리 어려울 것이 무엇 있니. 내가 나가라는데 제가 나가지 않고 배길 줄 아니?"

"그렇지만 너무 과하지 않을까요?"

"무엇? 저런 생각을 하니까 네가 이 모양으로 이때까지 있었지. 어떻단 말이냐? 그런 것은 조금도 염려하지 말구. 자! 또 네 서방에게 들킬라, 어서 들어가자."

"먼저 들어가세요." "왜?"

"남이 보면 수상히 알게요."

"무얼 나하고 가는데 수상히 알 게 무어야. 어서 가자."

계집은 천천히 두어 걸음 따라가다가,

"영감!"

하고 무춤하고 서 있다.

"왜 그러니."

계집은 다시 말이 없이 서 있다가,

"아니에요."

하고,

"먼저 들어가세요."

하며 돌아선다. 영감이 간이 달아서 계집의 손을 잡으며,

"가자, 집으로 들어가자."

그의 가슴은 두근거리는지 숨소리가 잦아진다. 계집
은 손을 빼려 하며,

"점잖으신 어른이 이게 무슨 짓이에요."

하면서도 그의 몸짓에는 모든 것을 허락한다는 뜻이 보였다. 영감은 계집의 몸을 끌어안더니 방앗간 뒤로 돌아들어 섰다. 계집은 영감 가슴에 안겨서 정욕이 가득한 눈으로 그를 보면서,

"영감."

말 한마디 하고 침 한 번 삼키었다.

"영감이 거짓말은 안 하시지요."
"아니."

그의 말은 떨리었다. 계집은 영감의 팔을 한 손으로 잡고 또 한 손으로는 방앗간 속을 가리켰다.

"저리로 들어가세요."
영감과 계집은 방앗간에서 이삼십 분 후에 다시 나왔다.

2

사흘이 지난 뒤에 신치규는 방원이를 자기 집 사랑
마당 앞으로 불렀다.

"애."

방원은 상전이라 고개를 숙이고,

"네."

공손하게 대답을 하였다.

"네가 그간 내 집에서 정성스럽게 일을 한 것은 고마
운 일이지마는."

점잔과 주짜를 빼면서 신치규는 말을 꺼내었다. 방원
의 가슴은 이 '마는'이라는 말 뒤에 이어질 말을 미리 깨
달은 듯이 온 전신의 피가 가슴으로 모여드는 듯하더니
다시 터럭이라는 터럭은 전부 거꾸로 일어서는 듯하였다.

"오늘부터는 우리집에 사정이 있어 그러니 내 집에 있지 말고 다른 곳에 좋은 곳을 찾아가 보아라."

아무 조건도 없다. 또한 이곳에서도 할 말이 없다. 죽으라고 하면 죽는 시늉이라도 해야 하는 것이다. 주인은 돈 가지고 사람을 사고 팔 수도 있는 것이다.

방원은 가슴이 답답하였다. 자기 혼자몸 같으면 어디 가서 어떻게 빌어먹더라도 살 수가 있지마는 사랑하는 아내를 구해 갈 길이 막연하다. 그는 고개를 굽히고, 허리를 굽히고, 나중에는 마음을 굽히어 사정도 하여 보고 애걸도 하여 보았다. 그러나 그것은 헛된 일이다. 주인의 마음은 쇠나 돌보다도 더 굳었다.

그는 하는 수 없이 자기 아내에게 그 이야기를 하였다. 그리고 아내더러 안주인 마님께 사정을 좀 하여 얼마간이라도 더 있게 하여 달라고 하여 보라 하였다. 그러나 아내는 방원의 말을 들을 리가 없었다. 도리어,

"그러면 어떻게 한단 말이오. 이제부터는 나를 어떻게 먹여살릴 터이오?"

"너는 그렇게도 먹고 살 수 없을까 봐 겁이 나니?"

45

"겁이 나지 않고. 생각을 해보구려. 인제는 꼼짝할 수 없이 죽지 않았소?"

"죽어?"

"그럼 임자가 나를 데리고 이곳까지 올 때에 무어라고 하였소. 어떻게 해서든지 너 하나야 먹어살리지 못하겠느냐고 하였지요."

"그래."

"그래, 얼마나 나를 잘 먹여살리고 나를 호강시켰소. 여태까지 이태나 되도록 끌구 돌아다닌다는 것이 남의 집 행랑이었지요?"

"애, 그것을 내가 모르고 하는 말이냐? 내가 하려고 하지 않아서 그렇게 된 것이냐? 차차 살아가는 동안에 무슨 일이든지 생기겠지. 설마 요대로 늙어 죽기야 하겠니?"

"듣기 싫소! 뿔 떨어지면 구워 먹지 어느 천년에."

방원이는 가뜩이나 내어쫓기고 화가 나는데 계집까지 그리하니까 속에서 열화가 치밀어 올라왔다.

"이 육시를 하고도 남을 년! 왜 남의 마음을 글컹거리니"

"왜 사람에게 욕을 해."

"이년아, 욕 좀 하면 어떠냐?" "왜 욕을 해!"

계집이 얼굴이 노래지며 대든다.

"이년이 발악인가?"

"누가 발악야. 계집년 하나 건사 못 하는 위인이 계집보고 욕만 하고 한 게 무어야? 그래 은가락지 은비녀나 한 벌 사주어 보았어? 내가 임자 하자고 하는 대로 하지 않은 것은 없지!"

"이년아! 은가락지 은비녀가 그렇게 갖고 싶으냐. 이 더러운 년아."

"무엇이 더러워? 너는 얼마나 정한 놈이냐!"

계집의 입 속에서는 '놈' 소리가 나오기 시작한다.

"이년 보게! 누구더러 놈이래."

하고 손길이 계집의 낭자를 휘어잡더니 그대로 집어 들고 두어 번 주먹으로 등줄기를 후리었다.

"이 주릿대를 안길 년!"

발길이 엉덩이를 두어 번 지르니까 계집은 그대로 거꾸러졌다가 다시 일어났다. 풀어 헤뜨린 머리가 치렁치렁 끌리고 씰룩한 눈에는 독기가 섞이었다.

　　"왜 사람을 치니? 이놈! 죽여라 죽어, 어디 죽어 보아라, 이놈 나 죽고 너 죽자!"

　　하고 달려드는 계집을 후려서 거꾸러뜨리고서,

　　"이년이 죽으려고 기를 쓰나!"

　　방원이가 계집을 치는 것은 그것이 주먹을 가지고 하는 일종의 농담이다. 그는 주먹이나 발길이 계집의 몸에 닿을 때 거기에 얻어맞는 계집의 살이 아픈 것보다 더 찌르르하게 가슴 한복판을 찌르는 아픔을 방원은 깨닫는 것이다. 홧김에 계집을 치는 것이 실상은 자기의 마음을 자기의 이빨로 물어뜯는 것이나 다름이 없는 것이다. 때리는 그에게는 몹시 애처로움이 있고 불쌍함이 있는 것이다. 그러나 자기의 화풀이를 받아 주는 사람은 아직까지도 계집밖에는 없었다. 제일 만만하다는 것보다도

가장 마음놓고 화풀이할 수 있음이다. 싸움한 뒤, 하루
가 못 되어 두 사람이 베개를 나란히 하고 서로 꼭 끼고
잘 때에는 그렇게 고맙고 그렇게 감격이 일어나는 위안
이 또다시 없음이다. 계집을 치고 화풀이를 하고 난 뒤에
다시 가슴을 에는 듯한 후회와 더 뜨거운 포옹으로 위로
를 받을 그때에는 두 사람 아니라 방원에게는 그만큼 힘
있고 뜨거운 믿음이 또다시 없는 까닭이다. 계집은 일부
러 소리를 높여서 꺼이꺼이 운다.

온 마을 사람이 거의 귀를 기울였으나,

"응, 또 사랑 싸움을 하는군!"

하고 도리어 그 싸움을 부러워하였다. 옆집 젊은것
이 와서 싱글싱글 웃으면서 들여다보며,

"인제 고만두라구."

하며 말리는 시늉을 한다. 동네 아이들만 마당 앞에
죽 늘어서서 눈들이 뚱그래서 구경을 한다.

3

그날 저녁에 방원은 술이 얼근하여 돌아왔다. 아까 계집을 차던 마음은 어느덧 풀어지고 술로 흥분된 마음에 그는 계집의 품이 몹시 그리워져서 자기 아내에게 사과를 할 마음까지 생기었다. 본시 사람이 좋고 마음이 약하고 다정한 그는 무식하게 자라난 까닭에 무지한 짓을 하기는 하나 그것은 결코 그의 성격을 말하는 무지함이 아니다.

그는 비척거리면서 집으로 향하는 길에 거슴츠레하게 풀린 눈을 스르르 내리감고 혼잣소리로,

"빌어먹을놈! 나가라면 나가지 무서운가? 제 집 아니면 살 곳이 없는 줄 아는 게로군! 흥, 되지 않게 다 무엇이냐? 돈만 있으면 제일이냐? 이놈, 네가 그러다가는 이 주먹 맛을 언제든지 볼라. 그대로 곱게 돼질 줄 아니?"

하고 개천 하나를 건너뛴 후에,

"돈! 돈이 무엇이냐."

한참 생각하다가,

"에후."

한숨을 쉬고 나서,

"돈이 사람 죽이는구나! 돈! 돈! 흥, 사람 나고 돈 났지 돈 나고 사람 났니?"

또 징검다리를 비척비척하고 건넌 뒤에,

"고 배라먹을년이 왜 고렇게 포달을 부려서 장부의 마음을 긁어 놓아!"

그의 목소리에는 말할 수 없이 다정한 맛이 있었다. 그는 자기 계집을 생각하면 모든 불평이 스러지는 듯이, 숙였던 고개를 쳐들어 하늘을 보면서,

"허어, 저도 고생은 고생이지."

하고 다시 고개를 숙인 후,

"내가 너무해, 너무 그럴 게 아닌데."

그는 자기 집에 와서 문고리를 붙잡고 잡아 흔들면서,

"애! 자네! 자!"

그러나 대답이 없고 캄캄하다.

"이년이 어디를 갔어!"

그는 문짝을 깨어지라 하고 닫힌 후에 다시 길거리로 나와 그 옆집으로 가서,

"여보 아주머니! 우리집 색시 어디 갔는지 보았소?"

밥들을 먹던 옆엣집 내외는,

"어디서 또 취했소 그려! 애 어머니가 아까 머리 단

장을 하더니 저 방아께로 갑디다."

"방아께로?"

"네."

"빌어먹을년! 방아께로는 무얼 먹으러 갔누!"

다시 혼자 방아를 향하여 가면서 혼자 중얼거린다.

그는 방앗간을 막 뒤로 돌아서자 신치규와 자기 아내가 방앗간에서 나오는 것을 보았다.

"아!"

그는 너무 뜻밖의 일이므로 아무 말도 하지 못하고 그대로 한참이나 멀거니 서서 보기만 하였다.

그의 눈에서는 쌍심지가 거꾸로 섰다. 열이 올라와서 마치 주홍을 칠한 듯이 그의 눈은 붉어지고 번개 같은 광채가 번뜩거리었다.

그는 한참이나 사지를 떨었다. 두 이가 서로 맞쳐서 달그락달그락 하여졌다. 그의 주먹은 부서질 것같이 단단히 쥐어졌었다.

계집과 신치규는 방원이 와 선 것을 보고서 처음에

는 조금 간담이 서늘하여졌으나 다시 태연하게 내려앉았다. 일이 이렇게 되었으매 할 대로 하라는 뜻이다.

방원은 달려들어서 계집의 팔목을 잡았다. 그리고 이를 악물고 부르르 떨었다.

"나는 네가 이럴 줄은 몰랐다."

계집은,

"무얼 이럴 줄을 몰라?"

하며 파란 눈을 흘겨보더니,

"나중에는 별꼴을 다 보겠네. 으레 그럴 줄을 인제 알았나? 놔요! 왜 남의 팔을 잡고 요 모양야. 오늘부터는 나를 당신이 그리 함부로 하지는 못해요! 더러운 녀석 같으니! 계집이 싫다고 그러면 국으로 물러갈 일이지 이게 무슨 사내답지 못한 일야! 놔요!"

팔을 뿌리쳤으나 분노가 전신에 가득 찬 그는 그렇

게 쉽게 손을 놓지 않았다.

"애! 네가 이것이 정말이냐?"

"정말 아니구 비싼 밥 먹고 거짓말할까?" "네가 참으로 환장을 하였구나!"

"아니 누구더러 환장을 했대? 온 기가 막혀 죽겠지! 놔요! 놔! 왜 추근추근하게 이 모양야? 놔."

하고서 힘껏 뿌리치는 바람에 계집의 손이 쑥 빠지었다. 계집은 손목을 주무르면서 암상맞게 돌아섰다.

이때까지 이 꼴을 멀찌가니 서서 보고 있던 신치규는 두어 발자국 나서더니 기침 한번을 서투르게 하고서,

"애! 네가 술이 취하였으면 일찍 들어가 자든지 할 것이지 웬 짓이냐? 네 눈깔에는 아무것도 보이는 것이 없단 말이냐? 너희 연놈이 싸우는 것은 너희 연놈이 어디든지 가서 할 일이지 여기 누가 있는지 없는지 눈깔에 보이는 것이 없어?"

짐짓 소리를 높여 호령을 하였다.

"엣, 괘씸한 놈!"

눈깔을 부라리었다. 방원은 한참이나 쳐다보고서 말이 없었다. 생각대로 하면 한주먹에 때려 눕힐 것이지마는 그래도 그의 머릿속에는 아까까지의 상전이라는 관념이 남아 있었다. 번갯불같이 그 관념이 그의 입과 팔을 얽어 놓았다. 어려서부터 오늘날까지 남을 섬겨 보기만 한 그의 마음은 상전이라면 모두 두려워하는 성질을 깊이깊이 뿌리를 박아 놓았다. 그러나 오늘부터는 신치규가 자기의 상전도 아니요, 자기가 신치규의 종도 아니다. 다만 똑같은 사람으로 마주 섰을 뿐이다. 아니다, 지금부터는 신치규는 방원의 원수였다. 그의 간을 씹어 먹어도 오히려 나머지 한이 있는 원수다.

신치규는 똑바로 쳐다보는 방원을 마주 쳐다보며,

"똑바루 보면 어쩔 터이냐? 온 세상이 망하려니까 별 해괴한 일이 다 많거든. 어째 이놈아?"

"이놈아?"

방원은 한걸음 들어섰다. 나무같이 힘센 다리가 성

큼 하고 나설 때 신치규는 머리끝이 으쓱하였다. 쇠몽둥이 같은 두 주먹이 쑥 앞으로 닥칠 때 그의 가슴은 덜컥 내려앉았다.

"네 입에서 이놈아라는 소리가 나오니? 이 사지를 찢어 발겨도 오히려 시원치 못할 놈아! 네가 내 계집을 뺏으려고 오늘 날더러 나가라고 그랬지?"

"어허, 이거 그놈이 눈깔이 삐었군. 애, 나는 먼저 들어가겠다. 너는 네 서방하고 나중 들어오너라!"

신치규는 형세가 위험하니까 슬금슬금 꽁무니를 빼려고 돌아서서 들어가려 하니까 방원은 돌아서는 신치규의 멱살을 잔뜩 쥐어 한 팔로 바싹 치켜 들고,

"이놈, 어디를 가? 네가 이때까지 맛을 몰랐구나?"

하며 한번 집어쳐 땅바닥에다가 태질을 한 뒤에 그대로 타고 앉아서 목줄띠를 누르니까, 마치 뱀이 개구리 잡아먹을 적 모양으로 깩깩 소리가 나며 말 한마디도 하지 못한다. "이놈, 너 죽고 나 죽으면 고만 아니냐?"

하고 방원은 주먹으로 사정없이 닥치는 대로 들이
팬다. 나중에는 주먹이 부족하여 옆에 있는 모루돌멩이
를 집어서 죽어라 하고 내리친다. 그의 팔, 그의 온몸에
는 끓어오르는 분노가 극도에 달하자 사람의 가슴속에
본능적으로 숨어 있는 잔인성(殘忍性)이 조금도 남지 않
고 그대로 나타났다. 그의 눈은 마치 펄떡펄떡 뛰는 미끼
를 가로차고 앉은 승냥이나 이리와 같이 뜨거운 피를 보
고야 만족하다는 듯이 무섭게 번쩍거렸다. 그에게는 초
자연(超自然)의 무서운 힘이 그의 팔과 다리에 올라왔다.

이 꼴을 보는 계집은 무서웠다. 끔찍끔찍한 일이 목
전에 생길 것이다. 그의 맥이 풀린 다리는 마음대로 놓여
지지 아니하였다.

"아! 사람 살류! 사람 살류!"

적적한 밤중의 쓸쓸한 마을에는 처참한 여자 목소리가
으스스하게 울리었다. 이 소리를 들은 방원은 더욱 힘을 주
어서 눈을 딱 감고 죽어라 내리 짓찧었다. 뼈가 돌에 맞는 소
리가 살이 을크러지는 소리와 함께 퍽퍽 하였다. 피 묻은 돌
이 여기저기 흩어지고 갈가리 찢긴 옷에는 살점이 묻었다.

동네 편 쪽에서 수군수군하더니 구두 소리가 나며 칼소리가 덜거덕거리었다. 방원의 머리에는 번갯불같이 무엇이 보이었다. 그는 손에 주먹을 쥔 채 잠깐 정신을 차려 그쪽으로 귀를 기울였다.

"순검."

그는 신치규의 배를 타고 앉아서 순검의 구두 소리를 듣자 비로소 자기가 무슨 짓을 하였는지 깨달았다.

그는 미친 사람처럼 일어났다. 그리고는 옆에 서서 벌벌 떠는 계집에게로 갔다.

"애! 가자! 도망 가자! 너하고 나하고 같이 가자! 자! 어서, 어서!"

계집은 자기에게 또 무슨 일이 있을까 하여 겁을 내어 도망을 하려 한다. 방원은 계집을 따라가며,

"애! 애! 네가 이렇게도 나를 몰라주니? 내가 너를 어

떻게 생각하는지 알지를 못하니? 자! 어서, 도망 가자, 어서 어서, 뒤에서 순검이 쫓아온다."

계집은 그대로 서서 종종걸음을 치며,

"싫소! 임자나 가구려! 나는 싫어요, 싫어."
"가자! 응! 가!"

그는 미친 사람처럼 계집의 팔을 붙잡고 끌었다. 그때 누구인지 그의 두 팔을 마치 형틀에 매다는 것같이 꽉 뒤로 꺼안는 사람이 있었다.

"이놈아! 어디를 가?"

그는 뒤를 돌아보지 않고도 그가 누구인지 알았다. 그는 온 전신에 맥이 풀리어 그대로 뒤로 자빠지려 할 때 어느덧 널판 같은 주먹이 그의 뺨을 사정없이 갈겼다.

"정신 차려."
"네."

그는 무의식하게 고개가 숙여지고 말소리가 공손하여졌다.

땅바닥에서는 신치규가 꿈지럭거리며 이리저리 딩군다. 청승스러운 비명이 들린다.

방원은 포승 지인 채, 계집은 그대로 주재소로 끌려가고, 신치규는 머슴들이 업어 들었다.

4

석 달이 지났다. 상해죄(傷害罪)로 감옥에서 복역을 하던 방원은 만기가 되어 출옥을 하였다. 그러나 신치규는 아무 일 없이 자기 집에서 치료하고 방원의 계집을 데려다 산다. 신치규는 온몸이 나은 뒤에 홀로 생각하였다.

"죽는 줄 알았더니 그래도 이렇게 살아 있으니!"

하고 얼굴에 흠이 진 곳을 만져 보며,

"오히려 그놈이 그렇게 한 것이 나에게는 다행이지, 얼굴이 아프기는 좀 하였으나! 허어."

"어떻게 그놈을 떼어 버릴까 하고 그렇지 않아도 걱정을 하던 차에 잘되었지. 그놈 한 십 년 감옥에서 콩밥을 먹었으면 좋겠다."

방원은 감옥 속에서 생각하기를 나가기만 하면 연놈을 죽여 버리고 제가 죽든지 요정을 내리라 하였다.

집에서 내어쫓기고 계집까지 빼앗기고, 그것을 생각하면 이가 갈리고 치가 떨리었다. 그것이 모두 자기가 돈 없는 탓인 것을 생각하매 더욱 분한 생각이 났다.

"에 더러운 년."

그는 홍바지에 쇠사슬을 차고서 일을 할 때에도 가끔 침을 땅에다 뱉으면서 혼자 중얼거리었다.

"사람이 이러고서야 살아서 무엇 하나. 멀쩡한 놈이 계집 빼앗기고 생으로 콩밥까지 먹으니."

그가 감옥에서 나올 때에는 감옥소를 다시 한번 둘러보고, 내가 여기서 마지막으로 목숨을 잃어버리든지 그렇지 않으면 내가 내 손으로 내 목을 찔러 죽든지, 무슨 요정이 날 것을 생각하고, 다시 온몸에 힘을 주고 씁쓸한 웃음을 웃었다.

그는 이백 리나 되는 길을 걸어서 계집이 사는 촌에를 왔다.

그러나 아무도 그를 아는 척하는 사람이 없었다. 전에 친하게 지내던 사람들도 그를 보고 피해 갔다.

마치 문둥병자나 마찬가지 대우를 하였다. 감옥에서 나온 뒤로부터는 더욱 이 세상이 차디차졌다. 자기가 상상하던 것보다도 더 무정하여졌다. 그는 하는 수 없이 밤이 될 때까지 그 근처 산속으로 돌아다녔다. 그래서 깊은 밤에 촌으로 내려왔다. 그는 그 방앗간을 다시 지나갔다. 석 달 전 생각이 났다. 자기가 여기서 잡혀갔다는 것을 생각할 때 더욱 억울하고 분한 생각이 치밀어 올라왔다. 그는 한참이나 거기 서서 그때 일을 생각하고 몸서리를 친 후에 다시 그전 집을 찾아갔다.

날이 몹시 추워지고 눈이 쌓였다. 옷은 입은 것이 가을에 입고 감옥에 들어갔던 그것이므로 살을 에이는 듯한 것이로되 그는 분한 생각과 흥분된 마음에 그것도 몰랐다.

“연놈을 모두 처치를 해버려?”

혼자 속으로 궁리를 하다가,

“그렇지, 그까짓 것들은 살려 두어 쓸데없는 인생들이야.”

하면서 옆구리에 지른 기름한 단도를 다시 만져 보았다. 그는 감격스런 마음으로 그것을 쓰다듬었다.

그는 신치규의 집 울을 넘어 들어갔다. 그의 발은 전에 다닐 적같이 익숙하였다. 그는 사랑을 엿보고 다시 뒤로 돌아서 건넌방 창 밑에 와 섰었다. 귀를 기울였으나 아무 말도 들리지 않았다. 그는 손에 칼을 빼들었다. 그리고는 일부러 뒤 창문을 달각달각 흔들었다.

“그 뉘?”

하고 계집의 머리가 쑥 나오며 문이 열리었다. 그는 얼른 비켜 섰다. 문은 다시 닫혀지고 계집은 들어갔다.

방원의 마음은 이상하게 동요가 되었다. 어여쁜 계집의 목소리가 오래간만에 귀에 들릴 때, 마치 자기가 감옥에서 꿈을 꿀 적 모양으로 요염하고도 황홀하게 그의 마음을 꾀는 것 같았다. 그는 꿈속에 다시 만난 것 같고 오래간만에 그를 만나 보매 모든 결심은 얼음같이 녹는 듯하였다. 그래도 계집이 설마 나를 영영 잊어버리랴 하고 옛날의 정리를 생각할 때 그것이 거짓말이 아니고 무엇이라는 생각이 났다.

아무리 자기를 감옥에까지 가게 하였다 하더라도 그는 감히 칼을 들어 죽이려는 용기가 단번에 나지 않아서 주저하기 시작했다.

"아니다, 다시 한 번만 물어 보자!"

그는 들었던 칼을 다시 집고 생각하였다.

"거짓말이다. 거짓말이다! 그럴 리가 없다."

그는 반신반의하였다.

"그렇다. 한 번만 다시 물어 보고 죽이든 살리든 하자!"

그는 다시 문을 달각달각 하였다. 계집은 이번에 다시 문을 열고 사면을 둘러보더니 헌 짚신짝을 신고 나왔다.

"뉘요?"

그는 방원이 서 있는 집 모퉁이를 돌아서려 할 제,

"내다!"

하고 입을 틀어막고 칼을 가슴에 대었다.

"떠들면 죽어!"

방원은 계집의 입을 수건으로 틀어막고 결박을 한 후 들쳐업고서 번개같이 달음질하였다. 그는 어느결에 계집을 업어다가 물레방아 앞에 내려놓은 후 결박을 풀었다. 그리고 한숨을 쉬었다.

"나를 모르겠니?"

캄캄한 그믐밤에 얼굴을 바짝 계집의 코앞에 들이대었다. 계집은 얼굴을 자세히 보더니,

"아!"

소리를 지르더니 뒤로 물러섰다.

"조금도 놀랄 것이 없다. 오늘 네가 내 말을 들으면 살려 줄 것이요, 그렇지 않으면 이것이야?"

하고 시퍼런 칼을 들이대었다. 계집은 다시 태연하게,

"말요? 임자의 말을 들으렬 것 같으면 벌써 들었지요, 이때까지 있겠소? 임자도 남의 마음을 알지요. 임자와 나와 이 년 전에 이곳으로 도망해 올 적에도 전남편이 나를 죽이겠다고 칼로 허리를 찔러 그 흠이 있는 것을 날마다 밤에 당신이 어루만지었지요? 내가 그까짓 칼쯤을 무서워서 나 하고 싶은 짓을 못 한단 말이오? 힝,

이게 무슨 비겁한 짓이오, 사내자식이. 자! 찌르려거든 찔러 보아요. 자, 자."

계집은 두 가슴을 벌리고 대들었다. 방원은 너무 계집의 태도가 대담하므로 들었던 칼이 도리어 뒤로 움찔할 만큼 기가 막혔다. 그는 무의식하게,

"정말이냐?"

하고 한걸음 더 가까이 나섰다.

"정말이 아니고? 내가 비록 여자이지마는 당신같이 겁쟁이는 아니라오! 이것이 도무지 무엇이오?"

계집은 그래도 두려웠던지 방원의 손에 든 칼을 뿌리쳐 땅에 떨어뜨리었다.
이 칼이 땅에 떨어지자 방원은 여태까지 용사와 같이 보이던 계집이 몹시 비겁스럽고 더러워 보이어 다시 칼을 집어 들고 덤비었다.

"에잇! 간사한 년! 어쩔 터이냐? 나하고 당장에 멀리 멀리 가지 않을 터이냐? 자아, 가자!"

그는 눈물이 어린 눈으로 타일러 보기도 하고 간청도 하여 보았다.

"자아, 어서 옛날과 같이 나하고 멀리멀리 도망을 가자! 나는 참으로 나의 칼로 너를 죽일 수는 없다!"

계집의 눈에는 독이 올라왔다. 광채가 어두운 밤의 번개같이 번쩍거리며,

"싫어요. 나는 죽으면 죽었지 가기는 싫어요. 이제 나는 고만 그렇게 구차하고 천한 생활을 다시 하기는 싫어요. 고만 물렸어요."

"너의 입으로 정말 그런 말이 나오느냐? 너는 나를 우리 고향에 다시 돌아가지도 못하게 만들어 놓고 나의 모든 것을 다 잃어버리게 한 후에 또 나중에는 세상에서 지옥이라고 하는 감옥소에까지 가게 하였지! 그러고도 나의 맨 마지막 원을 들어주지 않을 터이냐?"

"나는 언제든지 당신 손에 죽을 것까지도 알고 있소! 자! 오늘 죽으나 내일 죽으나 언제든지 죽기는 일반, 이렇게 된 이상 나를 죽이시오."

"정말이냐? 정말이야?"

"정말요!"

계집은 결심한 뜻을 나타내었다. 방원의 손은 떨리었다. 그리고 그는 눈을 꽉 감고,

"에, 여우 같은 년!"

하고 칼끝을 계집의 옆구리를 향하고 힘껏 내밀었다. 계집은 이를 악물고,

"사람 죽인다!"

소리 한 번에 그 자리에 거꾸러졌다. 칼자루를 든 손이 피가 몰리는 바람에 우루루 떨리더니 피가 새어 나왔다. 방원은 그 칼을 빼어 들더니 계집 위에 거꾸러져서 가슴을 찌르고 절명하여 버렸다.

3장

뽕
. . . .

1

안협집이 부엌으로 물을 길어 가지고 들어오매 쇠죽을 쑤던 삼돌이란 머슴 놈이 부지깽이로 불을 헤치면서,

"어젯밤에는 어디 갔었읍던교?"

하며 불밤송이 같은 머리에 외수건을 질끈 동여 뒤통수에 슬쩍 질러 맨 머리를 번쩍 들어 안협집을 훑어본다.

"남 어데 가고 안 가고, 임자가 알아 무엇할 게요?"

안협집은 별 꼴사나운 소리를 듣는다는 듯이 암상

스러운 눈을 흘겨보며 툭 쏴 버린다.

조금이라도 염량이 있는 사람 같으면 얼굴빛이라도 변하였을 것 같으나 본시 계집의 궁둥이라면 염치없이 추근추근 쫓아다니며 음흉한 술책을 부리는 삼십이나 가까이 된 노총각 삼돌이는 도리어 비웃는 듯한 웃음을 웃으면서,

"그리 성낼 거야 뭐 있나? 어젯밤 안주인 심부름으로 임자 집을 갔으니 깐두루 말이지"

하고 털벗은 송충이 모양으로 군데군데 꺼칫꺼칫하게 난 수염을 숯검정 묻은 손가락으로 두어 번 쓰다듬었다.

"어젯밤에도 김 참봉 아들에 사랑방에서 자고 왔읍네 그려."

삼돌이는 싱긋 웃는 가운데에도 남의 약점(弱點)을 쥔 비겁한 즐거움이 나타났다.

"무엇이 어쩌고 어째, 이 망나니 같은 놈"

하는 말이 입 바깥까지 나왔던 안협집은 꿀꺽 다시 집어삼키면서,

"남 어데 가 자든 말든 상관할 것이 무엇인고"

하며 물동이를 이고서 다시 나가려 하니까,

"흥 두구 보소, 가만 있을 줄 알았다가는"
"듣기 싫어! 별 꼬락서니를 다 보겠네."

2

강원도 철원(鐵原) 용담(龍潭)이라는 곳에 김삼보(金三甫)라는 자가 있으니, 나이는 삼십 오륙 세나 되었고 키는 작달막하며, 목은 다가붙고 얼굴빛은 노르께하며, 언제 든지 가죽창 받은 미투리에 대갈편자를 박아 신고 걸음을 걸을적마다 엉덩이를 내저으므로 동리에서는 그를

"땅딸보 김삼보"
"아편장이 김삼보"

"오리 궁덩이 김삼보"

라고 부르는데, 한 달에 자기 집에 붙어 있는 날이
이틀이라면 꽤 오래 있는 셈이요, 하루라면 예사라.

그리고는 언제든지 나돌아 다니므로 몇 해 전까지
도 잘 알지 못하였으나 차차 동리서 소문이 돌기를

"노름꾼 김삼보"

라는 말이 퍼졌는데, 알아본즉 딴은 강원도, 황해도,
평안도 접경을 넘어 다니는 골패, 투전으로 먹고 지내는
것이 알려지게 되었다.

그 노름꾼 김삼보의 여편네가 아까 말하던 안협집이
니, 안협(安峽)은 즉, 강원, 평안, 황해, 삼도 품에 있는 고
읍(古邑)의 이름이다.

그 안협집을 김삼보가 얻어 오기는 지금으로부터 오
년 전, 안협집이 스물 한 살 되던 해인데, 어떻게 해서 얻
었는지 자세히는 알지 못하나 사람들의 말을 들으면 술
파는 것을 눈을 맞추어서 얻었다고 하기도 하고 계집이
김삼보에게 반해서 따라왔다기도 하고, 또는 그런 것 저

런 것도 아니라 계집의 전남편과 노름을 해서 빼앗았다고는 하는데, 위인된 품으로 보아서 맨 나중 말이 가장 유력할 것 같다고 동리 사람들이 말을 한다.

처음에 안협집이 동리에 오자, 그 동리 그 또래 계집들은 모두 석경(石鏡)을 들여다보게 되었다. 안협집이 비록 몸은 그리 귀하게 태어나지 못하였으나 인물이 남달리 고운 점이 있어 동리 젊은 것들이 암연히 부러워도 하고 질투도 하게 되고 또는 석경 속에 비친 자기네들의 어여쁘지 못한 얼굴을 쥐어뜯고 싶기도 하였으니, 지금까지 "나만한 얼굴이면" 하는 자만심이 있던 젊은 계집들에게 가엾게도 자가결함(自家缺陷)이 폭로되는 환멸을 느끼게 하기까지도 하였다.

그러나 촌구석에서 아무렇게나 자란 데다가 먼저 안 것이 돈이었다.

"돈만 있으면 서방도 있고, 먹을 것 입을 것이 다 있지"

하는 굳은 신조는 자기 목숨을 내어놓고는 무엇이든지 제공하여 부끄러운 것이 없었다.

십 오륙 세 적, 참외 한 개에 원두막 속에서 총각 녀석들에게 정조를 빌린 것이나, 벼 몇 섬, 돈 몇 원, 저고릿 감 한 벌에 그것을 빌리는 것이 분량과 방법이 조금 높아졌을 뿐이요 그 관념은 동일하였다.

그리하여 이곳으로 온 뒤에는 동리에서 돈푼이나 있고 얌전한 젊은 사람은 거의 다 한 번씩은 후려내었으니 그것은 남자 편에서 실없는 짓 좋아하는 이에게 먼저 죄가 있다 하는 것보다도 이쪽 안협집에게 그 책임이 더 있다고 할 수 있고, 또 그것보다 더 큰 죄는 그 남편 되는 노름꾼 김삼보에게 있다고 할 수가 있으니, 그것은 남편 노름꾼이 한 달에 한 번을 올까말까 하면서도 올 적에는 빈손을 들고 오는 때가 많으니 젊은 계집 혼자 지낼 수가 없으매 자연히 이집 저집 동리로 다니며 품방아도 찧어 주고 김도 매 주고 진일도 하여 주며 얻어먹다가, 한 번은 어떤 집 서방님에게 실없는 짓을 당하고 나서 쌀말과 피륙 두 필을 받아 보니 그것처럼 좋은 벌이가 없어 차츰차츰 이번에는 자기가 스스로 벌이를 시작하여 마치 장사하는 사람이 거래 단골을 트듯이 이 사람 저 사람을 집어먹기 시작하더니. 그것도 차차 눈이 높아지니까 웬만한 목둣군 패장이나 장돌림, 조금 올라서서 순사 나리쯤은 눈도 거들떠보지도 않게 되고, 적어도 그곳에서는 돈푼도 상당하고 여간해서 손아귀에 들지 않는다는 자들을 얼러 보기 시작하게 되었던 것이다.

그 후부터는 일하지 않고 지내며 모양내고 거드름부리고 다니는데, 자기 남편이 오면은,

"이번에는 얼마나 땄읍노?"

하고 포르께한 눈을 사르르 내리뜬다.

"딴 게 뭔가. 밑천까지 올렸네."

삼보는 목 뒤를 쓰다듬으며 입맛을 다신다. 그러면 안협집은 전에 없던 바가지를 긁고,

"불알 두 쪽을 달구서 그래 계집만두 못하다는 말요?"

하고서, 할말 못 할말을 불어서 풀을 잔뜩 죽여 놓은 뒤에는, 혹시 서방이 알면은 경이 내릴까 하여 노자랑 밑천푼을 주어서 배송을 낸다. 그러면 울며 겨자먹기로 삼보는 혼자 한숨을 쉬면서,

"허허, 실상 지금 세상에는 섣부른 불알보다는 계집 편이 훨씬 나니라"

하고 봇짐을 짊어지고 가 버린다.

3

이렇게 이삼 년을 지내고 난 어떤 가을에 삼돌이란 놈이 그 뒷집 머슴으로 왔는데, 놈이 어느 곳에서 어떻게 벌어먹던 놈인지는 모르나 논맬 때 콧소리나마 아리랑 타령마디나 똑똑히 하고 술잔이나 먹을 줄 알며 동료를 가운데 나서면 제법 구변이나 있는 듯이 떠들어 젖히는 것이 그럴 듯하고, 게다가 힘이 세어서 송아지 한 마리 옆에 끼고 개천 뛰기는 밥먹듯하는 까닭에 동리에서는 호랑이 삼돌이로 이름이 높다.

놈이 음침하여, 오던 때부터 동리 계집으로 반반한 것은 남 모르게 모두 건드려 보았으나 안협집 하나가 내내 말을 듣지 않으므로 추근추근 귀찮게 구는데, 마침 여름이 되어 자기 집 주인마누라가 누에를 놓고 혼자서 힘이 드니까 안협집을 불러서 같이 누에를 길러 실을 낳

거든 반분(半分)하자는 약속을 한후 여름내 같이 누에를 치게 된 것을 알고 어떤 틈 기회만 기다리며,

"흥, 계집년이 배때가 벗어서 말쑥한 서방님만 어르더라. 어디 두고 보자. 너도 쩍소리 못하고 한 번 당해야 할 걸! 건방진 년!"

하고는 술잔이나 취하면 주먹을 들었다 놓았다 한다.
그러자 주인마누라가 치는 누에가 거의 오르게 되자 뽕이 떨어졌다. 자기 집 울타리에 심은 뽕은 어림도 없이 다 따다 먹이었고, 그 후에는 삼돌이란 놈을 시켜서 날마다 십 리나 되는 건넛말 일갓집 뽕을 얻어다 먹이었으나 그것도 이제는 발가숭이가 되게 되었다.
인제는 뽕을 사다 먹이는 수밖에 없게 되었다. 그러나 사다가 먹이자면 돈이 든다.
주인노파는 담뱃대를 물고서 생각하여 보았다.

"개량 뽕이 좋기는 좋지마는 돈을 여간 받아야지. 그리고 일일이 사서 먹이랴다가는 뽕값으로 다 집어먹고 남은 것이 어디 있나."

노파 생각에는 돈 한푼 안 들이고 공짜로 누에를 땄으면 좋을 것이다. 돈 한푼을 들인다 하면 그 한푼이 전수확에서 나오는 이익의 전부같이 생각되어 못견뎠다. 그뿐 아니다. 자기 혼자 이익을 먹는 것 같으면 모르거니와 안협집 하고 동사로 하는 것이므로 안협집이 비록 뼈가 부러지도록 일을 한다 하더라도 그 힘이 자기 주머니에서 나가는 돈 한푼만 못해 보인다.

그래서 뽕을 어떻게 공짜로 돈 안 들이고 얻어 올 궁리를 하고 있다가 안협집이 마침 마당으로 들어서매,

"뽕 때문에 일났구려"

하며 안협집에게는 무슨 도리가 없느냐고 물어 보았다.

"글쎄."

안협집 생각은 주인의 마음과 또 달라서 남의 주머닛돈 백 냥이 내 주머닛 돈 한 냥만 못하다. 그래서

"돈 주면 살 걸"

하는 듯이 심상하게 있다.

"어떻게 해서든지 구해 봐야지."

서로 얼굴만 쳐다볼 때 들에 나갔던 삼돌이란 놈이 툭 튀어들어오다가 이 소리를 듣더니 제딴은 동정하는 표정으로,

"그것 일났, 일났쇠다. 어떻게 하나."

한참 허리를 짚고 생각을 해보더니,

"형! 참 그 뽕은 좋더라마는..똑 되기를 미선조각 같이 된 놈이 기름이 지르를 흐르는데 그놈을 먹이기만 하면 고치가 차돌같이 여물 거야!"

들으라는 말인지 혼잣말인지는 모르나 한 마디를 탁 던지고 말이 없다. 귀가 반짝 띈 주인은,

"어디 그런 것이 있단 말이냐?"

하며 궁금증 난 사람처럼 묻는다.

"네, 저 새 술막에 있는 뽕밭에 있는 것 말씀이요."

혹시 좋은 수나 있을까 하다가 남의 뽕밭, 더구나 그
것으로 살아가는 양잠소 뽕밭이라, 말씨름만 하는 것이
될 것 같으므로,

"응! 나도 보았지. 그게 그렇게 잘되었나! 잘되었겠지.
그렇지만 그런 것이야 짐으로 있으면 무엇 하니?"
"언제 보셨어요?"
"보기야 여러번 보았지. 올봄에 두릅 따러 갔다도
보고."

삼돌이란 놈이 한참 있다가 싱긋 웃더니 은근하게,

"쥔마님! 제가 뽕을 한 짐 져다 드릴 것이니 탁주 많
이 먹이시랍니까?"

듣던 중에도 그렇게 반가운 소리가 또 어디 있으랴.

"작히 좋으랴. 따 오기만 하면 탁주에다 젓이라도 담그마."

귀찮스런 삼돌이도 이런 때는 쓸 만하다는 듯이 안협집도 환심 얻으려는 듯한 웃음을 웃으며 삼돌이를 보았다. 삼돌이는 사내자식의 솜씨를 네 앞에 보여주리라는 듯이 기운이 나며 만족하였다.

그날 밤 저녁을 먹고 자정 때나 되었을 때, 삼돌이는 눈을 비비며 일어나서 문밖으로 나갔다. 한 두어 시간만에 무엇인지 지고 오더니 그것을 뒤꼍 건넌방 뒤 창밑에 뭉뚱그려 놓았다.

이튿날 보니까 딴은 미선쪽 같은 기름이 흐르는 뽕잎이었다.

"어디서 났을꼬?"

주인하고 안협집은 수군수군하였다.

"그 녀석이 밤에 도둑질을 해온 게지? 뽕은 참 좋소, 그렇지?"

"참 좋쇠다. 날마다 이만큼씩만 가져오면 넉넉히 먹이겠쇠다."

두 사람은 뽕을 또 따오지 않을까 보아서 아무 말도 아니하고,

"참 뽕 좋더라. 오늘도 좀 또 따오렴"

하고 충동인다. 놈은 두 손을 내저으며,

"쉬, 떠드시지 맙쇼. 큰일나죠. 그것이 그렇게 쉬워서야 그 노릇만 하게요. 까닥하다가는 다리 마디가 두 동강이 날 걸요."

도적해 온 삼돌이나 받아들인 두 사람이나 도둑질 왜 했소! 하는 말은 없으나 서로 알고 있다.
그러자 하루는 주인이 안협집더러,

"여보, 이번에는 임자가 하룻저녁가 보구료. 앞으로 그놈이 혹시 못 가게 되더라도 임자가 대신 갈 수 있지

않수. 또 고삐가 길면은 밟힌다구 무슨 일이 있을는지
모르니 임자와 둘이 가서 한목 많이 따 오는 것이 좋지
않수."

안협집이 삼돌이를 꺼리는 줄 알지마는 제 욕심에
입맛이 달아서 자꾸자꾸 충동인다.

"따다가 잡히면 어찌하구유."
"무얼! 밤중에 누가 알우? 그리고 혼자 가라오? 삼돌
이란 놈하고 가랬지."
"글쎄. 운이 글러서 잡히거나 하면 욕이지요."

잡히는 것보다도 안협집의 걱정은 삼돌이란 녀석
하고 밤중에 무인지경에를 같이 가다니 그것이 딱한
일이다.
안협집이 정조가 헤프기로 유명한 만큼 또 매몰스럽
기도 유명하여 한 번 맘에 들지 않는 것은 죽어도 막무
가내다.
그것은 만냥금을 주어도 거들떠보지도 아니한다. 그
런데 삼돌이가 그 중에 하나를 참례하여 간장을 태우는

모양이다.

안협집은 생각하고 생각하여 결심해 버렸다.

"빌어먹을 자식이 그따위 맘을 먹거든 저 죽이고 나 죽지. 내 기운은 없어도."

하고 찰찰하게 눈을 가로 뜨고 맘을 다잡아 먹었다. 그리고는 뽕을 따러 가기로 하였다.

삼돌이는 어깨에서 춤이 저절로 추어진다.

"얘, 이것이 정말인가, 거짓말인가. 인제는 때가 왔구나. 인제는 제가 꼭 당했지."

놈이 신이 나서 저녁 먹은 다음, 마당 쓸고, 소 여물 주고, 돼지, 병아리 새끼 다 몰아넣고, 앞뒤로 돌아다니며 씻은 듯 부신 듯 다해 놓고, 목물하고, 발씻고, 등거리 잠방이까지 갈아입은 후 곰방대에 담배를 꾹꾹 눌러 듬뿍 한 모금 빨아 휘이 내뿜으며 시간 오기만 기다린다.

4

안협집은 보자기를 가지고 삼돌이를 따라서 뽕밭을
향하여 간다.

날이 유달리 깜깜하여 앞에 개천까지 자세히 보이
지 않는다. 돌부리가 발부리를 건드리면 안협집은 에구
소리를 내며 천방지축으로 다리도 건너고 논이랑도 지나
고 하여 절반쯤 왔다.

삼돌이란 놈은 속으로 궁리를 하였다.

"뽕을 따기 전에 논이랑으로 끌고 가? 아니지, 그러
다가는 뽕두 못 따 가지고 오면 어떻게 하게! 저도 열녀
가 아닌 다음에 당하고 나면 할 말 없지. 아주 그런 버릇
이 없는 년 같으면 모르거니와. 옳지, 수가 있어. 뽕을 잔
뜩 따서 이어 주면 제가 항우의 딸년이라도 한 번은 중
간에서 쉬렸다. 그러거든"

이렇게 궁리를 하다가 너무 말이 없으니까 심심파적
도 될 겸, 또는 실없는 농담도 해서 마음을 떠보아 나중
성사의 전제도 만들어 놀 겸 공연히 쓸데없는 말을 지껄

인다.

"삼보는 언제나 온답디까?"

"몰라. 언제는 온다 간단 말 있어 다니나."

"그래 영감은 매일 나돌아 다니니 혼자 지내기 쓸쓸치도 않소?"

놈이 모르는 것 같이 새삼스럽게 시치미를 뗀다.

"별 걱정 다 하네, 어서 앞서 가. 난 길이 서툴러 못 가겠으니."

"매우 쌀쌀하구료. 나는 임자를 위해서 하는 말인데. 그렇지만 김참봉 아들이란 쇠귀신 같은 놈이라 아무리 다녀도 잇속 없읍네. 내 말이 그르지 않지."

안협집은 삼돌이가 아주 터놓고 말을 하는 것을 듣자 분해서 뺨이라도 치고 싶었으나 그대로 참으며,

"무엇이 어째? 말이라면 다 하는 줄 아는군!"

하고 뒤로 조금 떨어져 걸어갈 제, 전에도 그 녀석이 미웠지마는 남의 약점을 들어 가지고 제 욕심을 채우려는 것이 더 더러웠다.

뽕밭에 왔다. 삼돌이란 놈이 철망으로 울타리 한 것을 들어 주어 안협집이 먼저 들어가고 나중으로 삼돌이란 놈은 그 무서운 다리를 성큼하여 그 안으로 들어갔다. 들어가다가 발 아래 삭정이 가지를 밟아서 우지끈 소리가 나고 조용하였다.

삼돌이는 손에 익어서 서슴지 않고 따지마는 안협집은 익지도 못한 데다가 마음이 떨리고 손이 떨려서 마음대로 안 된다.

삼돌이는 뽕을 따면서도 아따가 안협집을 꾈 궁리를 하지마는 안협집은 이것 저것을 잊어버리고 손에 닥치는 대로 뽕을 땄다.

얼마쯤 땄다. 갑자기 안협집의 뒤에서,

"누구야!"

하고 범 같은 소리를 지르는 남자 소리가 안협집의 간담을 서늘하게 하였다.

삼돌이란 놈은 길이나 되는 철망을 어느 결에 뛰어 넘었는지 십여 간통이나 달아나서 안협집을 불렀다.

"어서 와요. 어서, 어서."

그러나 안협집은 다리가 떨려서 빨리 나와지지를 않는다. 그러나 죽을 힘을 다하여 달아나려고 한 아름 잔뜩 땄던 뽕을 내던지고 철망으로 기어 왔다. 철망을 기어 나오기는 나왔으나 치맛자락이 걸려서 잡아당긴다. 거기에 더 질겁을 해서 그대로 쭉 찢고 나오려 할 때, 때는 이미 늦었다. 뽕 지키던 남자는 안협집을 잡았다.

"이 도독년! 남의 뽕을 네것같이 따 가? 온 참, 이년! 며칠째냐, 벌써? 이렇게 남의 것이라고 건깡깡이로 먹으면 체하지 않을 줄 알았더냐! 저리 가자."

안협집은,

"살려 주소. 제발 잘못했으니 살려만 주소. 나는 오늘이 처음이요. 저 삼돌이린 놈이 날마다 따 갔지 나는 죄가 없쇠다"

하고 손이 발이 되도록 빈다.

"듣기 싫어, 이년아! 무슨 변명이냐. 육시를 하고도
남을 년 같으니. 왜 감옥소의 콩밥이 고소하더냐?"
"그저 잘못했읍니다."

삼돌이는 보이지 않고 뽕지기는 안협집 손목을 끌
고 뽕밭으로 들어갔다.

"이리 와! 외양도 반반히 생긴 년이 무엇이 할 게 없
어 뽕서리를 다녀".

하더니 성냥불을 그어대고 안협집을 들여다보더니,

"흥!"

의미 있는 웃음을 웃어 보였다.
안협집은 이 웃음에 한 가닥 희망을 얻었다. 그 웃

음은 안협집의 손아귀에 자기를 갖다 쥐어 준다는 웃음
이다. 안협집은 따라서 방싯 웃었다. 그 웃음 한번이 넉넉
히 뽕지기의 마음을 반 이상이나 흐줄 풀어지게 하였다.

안협집은 끌려갔다.

"제가 철석 같은 간장을 가진 놈이 아닌 바에. 한 번
이면 놓아 줄 걸"

그는 자기의 정조를 팔아서 자기의 죄를 면할 수 있
음을 알았다. 그는 마지못한 체하고 끌려갔다.

삼돌이란 놈은 멀리서 정경만 살피다가 안협집을 뽕
지기가 데리고 가는 것을 보더니 두 눈에서 쌍심지가 돋
았다.

"애, 이놈이 호랑이 삼돌이를 모르는 모양이다. 그러
나 대관절 어떻게 할 셈이냐? 이놈 안협집만 건드려 보아
라. 정강마루를 두 토막에다 내놀 테니. 오늘밤에는 내것
이던 걸 그랬지. 어디 좀 가까이 좀 가 볼까?"

이제는 단판씨름이라 주먹이 시비판단을 하는 때이

다. 다시 철망을 넘어서 들어갔다. 들어가서는 이곳 저곳 귀를 기울이며 이 구석 저 구석으로 돌아 다녀 보았다.

저쪽에서 인기척이 웅얼웅얼하더니 아무 말이 없다. 한 두서너 시간 그 넓은 뽕밭을 헤매고, 또 거기 닿은 과목밭, 채마전, 나중에는 그 옆 원두막까지가 보았다. 놈이 뽕나무밭 가운데 부풀덤불을 보지 못한 까닭이다. 그는 입맛만 다시면서 집으로 와서 주인에게 그 이야기를 했다. 노파의 눈이 등잔만해 지더니 두 손 두 다리가 사시나무 떨 듯했다.

"어거 일 났구나. 어쩌면 좋단 말이냐?"

좌불안석을 할 제 삼돌이란 녀석은 분한 생각에 곰방대만 똑똑 떨고 앉았다.

5

그날 새벽에 안협집은 무사히 왔다. 머리에 지푸라기가 묻고 몸매무새가 말이 아니다.

"에그, 어떻게 왔어! 응?"

주인은 눈에 눈물이 괴어서 어루만진다.

"무얼 어떻게 와요? 밤새도록 놈하고 승강이를 하다가 그대로 왔지."
"그대로 놓아 주던가?"
"놓아 주지 않고 붙잡아 두면 어찌헐 테야!"

일이 너무 싱겁다. 삼돌이란 놈만 혼잣말처럼,

"내가 잡혔더면 콩밥을 먹었을 걸. 여편네니까 무사했지."

주인은 그래도 미진해서,

"그래, 잘 놓아 주었으니 다행이지. 그러나저러나 뽕은 어떻게 되었노?"
"아! 뺏겼죠!"
"인제는 아무 일 없겠소?"

"일이 무슨 일예요."

그날 밤에 삼돌이란 놈은 혼자 앉아서 생각하기를,

"복 없는 놈은 하는 수가 없거든. 그러나 내가 다 눈치를 채었으니까, 노름꾼놈이 오거든 이르겠다고 위협을 하면 그년도 발이 저려서 그대로는 못 있지. 내 입을 안 씻기고 될 줄 아는 게로구먼."

그로부터는 삼돌이란 놈이 안협집을 보고는,

"뽕지기놈을 보고 싶지 않습나?"

하고 오며가며 맞대놓고 빈정대기도 하고 빗대놓고도 비웃는다.

"뽕이나 또 따러 가소."

이러는 바람에 온 동리에서 다 알았다. 안협집은 분해서 죽겠는데, 하루는 삼돌이란 놈이 막 안협집이 이불

을 펴고 누우려는데 찾아와서 추근추근 가지도 않고,

"삼보 김서방이 올 때도 되었읍네 그려"

하며 눈치를 본다. 안협집은 졸음이 와서 눈까풀이 뻣뻣하여 오는데 삼돌이란 놈이 가지도 않는 것이 귀찮아서,

"누가 아누. 오고 싶으면 오고 가고 싶으면 가겠지"

하고 담벼락에 비스듬히 기대앉는다.

삼돌이의 눈에는 그 고단해 하면서 비스듬히 누워서 눈을 감을락말락한 안협집이 목덜미 살쩍 밑이며 불그레한 두 볼이 몹시 정욕을 일으켰다.

그래서 차츰차츰 말소리가 음흉해 간다.

"임자는 사람을 너무 가려 봅디다! 그러지 마슈. 나도 지금은 남의 집 머슴이지마는 집안 지체라든지, 젊었을 적에는 그래도 행세하는 집에서 났더라우. 지금은 그놈의 원수스런 돈 때문에 이렇게 되었지마는."

하고 말을 건네려 하는데 안협집은 별시러베자식 다 보겠다는 듯이 대답이 없다.

"자! 그럴 것 있소. 내 청을 한 번 들어 주소 그려"

하고 바싹 달려드는 바람에 반쯤 감았던 안협집의 눈은 뚱그래지며 어느 곁에 삼돌의 뺨에 손뼉이 올라가 정월에 떡치듯 철썩한다.

"이놈! 아무리 쌍녀석이기로 이게 무슨 버르장머리냐. 냉큼 나가거라"

하고 호령이 추상 같다. 삼돌이란 놈은 따귀를 비비면서 성이 꼭두까지 일어나서,

"무엇이 어쩌고 어째. 횟! 어디 또 한 번 때려 봐라."

일이 이렇게 되었으니 자기가 하려던 것은 이루고마는 것이 상책이다. 이래도 소문은 날 것이요 저래도 소문은 날 것이니 이왕이면 만족이나 채우고 소문이 나더라

도 나는 것이 자기에게는 이로울 것 같았다.

더구나 안협집으로 말을 하면, 온 동리에서 판 박아 놓은 화냥년이니 한번 화냥년이나 두 번 화냥년이나 남이나 내나 무엇이 다를 것이 있으랴 하는 생각이 났다.

도리어 자기의 만족을 한 번 얻는 것이 사내자식으로서 일종의 자랑인 것 같이 생각되었다.

그는 두 팔로 안협집을 힘껏 끌어안고,

"내가 호랑이 삼돌이다! 네가 만일 내 말을 들으면 무사하지만 그렇지 않으면 그대로 두지는 않을 테야! 너네 남편이 오기만 하면 모조리 꼬아바칠테야! 뽕 따러 갔던 날 일까지 모조리!"

무식한 놈이라 야비한 곳이 있다. 안협집은 그 소리가 얼마나 사내답지 못하였는지 알 수 없었다. 쇠 같은 팔이 자기 허리를 누를 때 눈을 감고 한 번만 허락할까 하려다가 그 말을 듣고서 그만 침을 얼굴에 뱉았다.

"이 더러운 녀석! 네가 그까짓 것으로 나를 위협한다고 말을 들을 줄 아니?"

하고 소리를 질렀다. 삼돌이는 손으로 안협집 입을 막았으나 때는 이미 늦었다. 마치 마을을 다녀오던 이장의 동생이 이 소리를 듣고 문을 열었다.

삼돌이란 놈은 무안해서 얼굴이 붉어지며 안협집을 놓았다. 안협집은 분해서 색색거리며,

"저놈 보시소. 아닌 밤중에 혼자 자는 데 와서 귀찮게 굽니다. 저 죽일 놈이요. 좀 끌어내다 중치를 좀 해 주시오."

이장의 동생은 안협집의 행실을 아는 고로 삼돌이만 보내려고,

"이놈이 할 일이 없거든 자빠져 자기나 하지, 왜 아닌 밤중에 남의 계집의 방에서 지랄야? 냉큼 네 집으로 가거라!"

두 눈이 등잔만하여진다.

"네, 그런 게 아니라 실없이 기롱을 좀 했삽더니."

"듣기 싫어. 공연히 어름어름하면서. 이놈아! 너는 사람을 죽여도 기롱으로 아느냐?"

삼돌이는 쫓겨났다. 이장의 동생은 포달을 부리며 푸념을 하는 안협집을 향하여,

"젊은 것이 늦도록 사내녀석들을 방에다 붙이니까 그런 꼴을 당하지."

"누가요?"

"그만둬. 어서 잠이나 자."

하며 문을 닫아 주고 가 버렸다.

6

삼돌이는 앙심을 먹었다. 안협집을 어떻게 해서는지 한 번 곯리리라는 생각이 가슴속에 탱중하였다. 안협집은 독이 났다. 삼돌이란 놈 분풀이를 하려는 생각이 머리 끝까지 올라왔다.

이튿날 동리에 소문이 났다.

"삼돌이란 놈이 뺨을 맞았다지! 녀석이 음침하니까!"

"그렇지만 계집년이 단정하면 감히 그런 맘을 먹을 라구!"

"그렇구말구! 제 행실야 판에 박은 행실이니까."

"지가 먼저 꼬리를 쳤던 게지."

이 소리가 바람에 떠 들어오자 안협집은 분했다. 요 조숙녀보다도 빙설(氷雪)같은 여자인데 이런 누추한 소문을 듣는 것 같았다. 맘에 드는 서방질은 부정한 일이 아니요, 죄가 아니요, 모욕이 아니나, 맘에 없는 놈에게 그런 소리를 듣고 당하는 것은 무서운 모욕 같았다.

그는 그 길로 삼돌이 주인 마누라에게로 갔다.

"삼돌이란 녀석을 내쫓으소."

주인은 벌써 알아채었으나 안협집 편은 안 들었다. 다만 어루만지는 수작으로,

"무얼 내쫓을 것까지 있소. 그만 일에… 그저 눈감아 두지."

"왜 눈을 감는단 말이요?"

주인은 속으로 웃었다.

"소 한 필을 달라면 줄지언정 삼돌이를 내놔?"

하였다.

"내쫓아선 무얼 하우, 또?"
"어림없는 년! 네가 떠들면 떠들수록 네 밑구멍 들춰서 남 보이는 것이다"

는 듯이 쳐다보며 맨 나중으로 아주 잘라 말을 해버렸다.

"나는 못 내보내겠소."

안협집은 분해서 집에 와서 머리를 쥐어뜯으며 울었다. 그리고 또 결심했다.

"두고 봐라. 너희들까지 삼돌이를 싸고 도니! 영감만 와 봐라."

하루는, 딴은 영감이 왔다. 안협집은 곤두박질을 하면서 맞았다.

"에그, 어서 오슈."

노름꾼 김삼보는 눈이 뚱그래졌다. 무슨 큰 좋은 일이나 생긴 것 같았다.

다른 때와 유달리 반가와하는 것이 의심스럽고 이상하였다.

방에 들어앉자마자 얼마나 땄느냐는 말도 물어 보지 않고 삼돌이란 놈에게 욕당할 뻔하였다는 말을 넋두리하듯 이야기하였다.

"사람이 분해서 죽겠구료. 이것도 모두 영감 잘못둔 탓이야. 오죽 영감이 위엄이 없어 보이면 그따위 녀석이 그런 짓을 하려고. 영감이라고 있으나 없으나 마찬가지지, 일 년 열 두 달 계집이 죽거나 살거나 내버려두고 돌

105

아만 다니니까."

영감은 픽 웃었다.

"왜 내 잘못인가? 오죽 행실을 잘 가지면 그따위 녀석에게 그 꼴을 당한담."

김삼보는 분이 나지 않는 것도 아니었다. 그러나 계집의 소행을 짐작도 하려니와 그놈의 주먹도 아니 생각할 수가 없었다. 계집이 먹여 살리라는 말이 없고 이혼하자는 말만 없는 것이 다행해서 서방질을 해도 눈을 감아주고 무슨 짓을 하든지 그저 코대답만 하여 주던 터이라 그런 소리가 귓전으로 들릴 뿐이다.

"내가 행실 잘못 가진 게 무어요?"

안협집은 분풀이라도 하여 줄 줄 알았더니 도리어 타박을 주므로 분한 데 악이 났다.

"글쎄 무어아! 무엇? 어디 대 뵈요. 임지가 내 행실

그른 것을 보았소? 어디 보았거든 본 대로 말을 하시우."

딴은, 김삼보는 집에서 말할 것이 없었다. 그는 그저 그런 눈치만 채었지 반박할 증거는 잡은 것이 없다.

"본 거나 다름없지."
"무엇이 본 거나 다름없어? 일 년 열 두 달 계집이 죽거나 살거나 내버려 두었다가 이제 와서 한다는 소리가 그것밖에 없어? 살기가 싫거든 그대로 살기 싫다고 그래, 사내답게. 왜 그만 냄새가 나지? 또 어디다가 계집을 얻어 논 게지."
"이년이 뒈지지를 못해서 기를 쓰나?"
"그렇다, 이놈아! 네까짓 녀석 아니면 서방 없을까봐 그러니, 더러운 녀석!"

김삼보의 주먹은 안협집의 등줄기를 우렸다.

"이년, 그래도 잔소리야. 주둥이 좀 덮치지 못하겠니."

이렇게 서로 툭탁거리며 싸우는 판에 뒷집에서 삼돌

이란 놈이 이 소리를 듣고서 가장 긴한 체하고 달려왔다.

"삼보 김서방 언제 오셨소?"

하고 마당에 들어섰다. 김삼보는 그놈의 상판을 보자 참았던 분이 꼭두까지 올라온다. 삼돌이는 제법 웃음을 띠고,

"허허, 오래간만에 만났대서 내외분 싸움이 웬일이시우?"

어디서 한 잔을 하였는지 얼굴이 불콰하다.
김삼보는 눈을 흘겨 뚫어지도록 삼돌이를 쳐다보았다.

"이놈아! 남이사 내외 싸움을 하든 말든 참견이 무어야?"

삼돌이란 놈은 주춤하였다. 그는 비지 같은 눈꼽이 낀 눈을 꿈벅꿈벅하더니,

"그렇게 역정 내실 것 무엇 있수. 말 좀 했기로."

"이놈아, 네가 아랑곳할 게 무어야?"

"아랑곳은 할 것 없어도 흥정을 붙이고 싸움은 말리랬으니까 말이요. 나는 싸움 좀 못 말린단 말이요?"

하고 술냄새를 풍기며 다가앉는다.

"이놈아, 술을 먹었거든 곱게 삭여!"

이번에는 삼돌이란 놈이 빌붙는다.

"나 술 먹고 어찌하든 김서방이 관계할 게 무어요."

"이놈아, 남의 내외 싸움에 참견을 하니까 그렇지."

주고 받다가 삼돌이의 멱살을 김삼보가 쥐었다.

"이 녀석, 네가 무슨 뻔뻔으로 이따위 수작이냐? 내 계집 이놈 왜 건드렸니?"

삼돌이가 조금 밭이 저렸으나 속으로 흥하고 웃었다.

"요까짓 게 누구 멱살을 쥐어? 앙징하게."

하더니 김삼보의 팔을 잡아 마당에다가 내려갈기니 개구리 터지듯 캑한다.

"요놈의 자식아! 내 말을 좀 들어 보고 말을 해! 네 계집 험절은 모르고 덤비기만 하면 강산이냐? 이 동리 반반한 사내양반 쳐 놓고 네 계집 건드리지 않은 놈이 없다. 이놈! 꼭 집어 말을 하라면 위에서 아래로 내리 섬기마. 이놈, 너도 계집 덕분에 노잣냥, 노름 밑천푼 좋이 얻어 썼지. 그래 집이라고 오면서 볼받은 것이나마 옥양목 버선벌이나 얻어 가지고 가는 것은 모두 어디서 나온 것으로 아니? 요 땅딸보 오리궁둥아! 아무리 속이 밴댕이 같기로. 그리고 또 들어봐라. 나중에는 주워먹다 주워먹다 못해서 뽕지기까지 주워먹었다."

안협집은 파래서 달려든다.

"이놈, 네가 보았니?"
"보나 안 보나 일반이지."

"이 녀석, 네 말을 듣지 않으니까 된 말 안 된 말 주 둥이질을 하는구나."

동리 사람이 모여들었다. 안협집은 삼돌이에게 발악 을 하고 김삼보는 듣고만 있다.

한참 있더니 듣다듣다 못하는 듯이 삼돌이란 놈이 안협집에게로 달려들며,

"이년이 뒈지려고 기를 쓰나?"

하고 주먹을 들었다. 동리 사람이 호령을 하고 말 렸다.

"이놈! 저리 얼른 가거라."

이놈은 변명을 하며 뻗퉁겼다. 그러나 여러 사람에 게 끌려 저리로 가 버렸다.

사람이 헤어지자 노름꾼은 계집의 머리채를 잡았다.

그는 삼돌이에게 태질을 당한 것이 분하였다. 그뿐 아니라 그렇게까지 계집년의 행실을 온 동리에서 아는

것이 분하였다.

"이년! 더러운 년, 뽕밭에는 몇 번이나 갔니?"

발길로 지르고 주먹으로 패고 머리채를 잡아당기고 땅에다 질질 끌었다.

그는 이를 갈고 어쩔 줄을 몰랐다. 계집은 울고 발버둥을 쳤다.

"죽여라! 죽여!"

"그럼 살려 줄 줄 아니? 이년! 들어앉아서 하는게 그런 짓밖에는 없어?"

김삼보는 자기의 무딘 팔다리가 계집의 따뜻하고 연한 몸에 닿을 때에 적지않은 쾌감을 느끼었다. 그는 그럴수록 더욱 힘을 주어 때리도록 속에 숨겨 있던 잔인성이 북받쳐 올라왔다.

맞는 안협집은 당장에 죽을 것 같았다. 그는 생각하기를, 이왕 이리 된 바에 모두 말해 버리고 저하고 갈라서면 그만이지 언제는 귀밑거리 풀고 사주단자 보내고

사당에 예배드린 내외냐. 저는 저고, 나는 난데 왜 이렇게 때리노? 하는 맘이 나며,

"이것 놔라! 내 말하마!"

하고 머리를 붙잡았다.

"뽕밭에는 한 번밖에 안 갔다. 어쩔 테냐?"

삼보는 더욱 머리채를 잡아챘다.

"이년, 한 번?"

이번에는 더 때렸다. 안협집은 말한 것이 후회가 났다. 삼보는 그래도 거짓말을 한다고 그대로 엎어 놓고 짓밟았다. 안협집은 기절을 하였다. 삼보는 귀로 안협집의 숨소리를 들어 보았다. 그러나 숨소리가 없다. 그는 기겁을 하여 약국으로 갔다. 그의 팔다리는 떨렸다. 그가 의원에게서 약을 지어 가지고 왔을 때 안협집은 일어나 앉아 있었다. 삼보는 반갑기도 하고 분하기도 하여 약을 마

당에 팽개쳤다. 그리고 밤새도록 서로 말이 없었다. 이튿날은 벙어리들 모양으로 말이 없이 서로 앉아 밥을 먹고, 서로 앉아 쳐다보고, 서로 말만 없이 옷도 주고 받아 갈아입고, 하루를 더 묵어 삼보는 또 가 버렸다. 안협집은 여전히 동릿집 공청 사랑에서 잠을 잤다. 누에는 따서 삼십 원씩 나눠 먹었다.

4장

별을 안거든 울지나 말걸

거안 위에 피곤한 손을 한가히 쉬이시는
만하 누님에게 한 구절 애닯은 울음의
노래를 드려 볼까 하나이다.

1

저는 이글을 쓰기 전에 우선 누님 누님 누님 하고
눈물이 날 만치 감격에 떨리는 목소리로 누님을 불러 보
고 싶습니다.

그것도 한낱 꿈일까요? 꿈이나 같으면 오히려 허무
로 돌리어 보내일 얼마간의 위로가 있겠지만 그러나 그
러나 그것도 꿈이 아닌가 하나이다.

시간을 타고 뒷걸음질친 또렷하고 분명한 현실이었

나이다. 저의 일생의 짧은 경로의 한마디를 꾸미고 스러진 또다시 있기 어려운 과거이었나이다.

그러나 꿈도 슬픈 꿈을 꾸고 나면 못 견딜 울음이 복받쳐 올라오는데, 더구나 그 저의 작은 가슴에 쓰리고 아픈 전상(前傷)을 주고 푸른 비애로 물들여 주고 빼지 못할 애달픈 인상을 박아 준 그 몽롱한 과거를 지금 다시 돌아다볼 때 어찌 눈물이 아니 나고 어째 가슴이 못 견디게 쓰리지 않을 수가 있을까요?

그러나 멀리 멀리 간 과거는 어쨌든 가 버리었읍니다. 저의 일생을 꽃다운 역사, 행복스러운 역사로 꾸미기를 간절히 바라는 바가 아닌 게 아니지마는 지나갔는지라 어찌할까요. 다시 뒷걸음질을 칠 수도 없고 다만 우연히 났다 우연히 사라지는 우리 인생의 사람들이 말하는 운명이라 덮어 버리고 다만 때 없이 생각되는 기억의 안타까움으로 녹는 듯한 감정이나 맛볼까 할 뿐이외다.

2

그날도 그 전날과 같이 고개를 숙이고 무엇을 생각하였는지 몽롱한 의식 속에 C동 R의 집에를 갔었나이다. R는 여전히 나를 보더니 반가와 맞으면서 그의 파리한 바른손을 내밀어 악수를 하여 주었나이다. 저는 그의 집에 들어가 마루 끝에 앉으며,

"오늘도 또 자네의 집 단골 나그네가 되어 볼까?"

하고 구두끈을 끄르고 방안으로 들어가 모자를 벗어 아무 데나 홱 내던지며 방바닥에 가 펄썩 주저앉았다가 그의 외투 주머니에 손을 넣어 담배 한 개를 꺼내어 피워 물었나이다.

바닷가에서는 거의 거의 그쳐 가는 가늘은 눈이 사르락사르락 힘없이 떨어지고 있었나이다.

그때 R의 얼굴은 어째 그전과 같이 즐겁고 사념(邪念) 없는 빛이 보이지 않고 제가 주는 농담에 다만 입 가장자리로 힘없이 도는 쓸쓸한 미소를 줄 뿐이었나이다. 저는 그것을 보고 아주 마음이 공연히 힘이 없어지며 다

만 멍멍히 담배 연기만 뿜고 있었나이다.

　　R는 무엇을 생각하였는지 멀거니 앉았다가,

　　"DH"

　　하고 갑자기 부르지요. 그래 나는,

　　"왜 그러나?"

　　하였더니,

　　"오늘 KC에 갈까?"

　　하기에 본래 돌아다니기 좋아하는 저는 아주 시원
하게,

　　"가지"

　　하고 대답을 하였더니 R은 아주 만족한 듯이 웃음
을 웃으며,

"그러면 가세"

하고 어디 갈 것인지 편지 한 장을 써 가지고 곧 KC
를 향하여 떠났나이다.

KC가 여기서부터 육십 리, R의 말을 들으면 험한 산
로(山路)를 넘어가지 않으면 안 된다 하지요. 그리고 벌써
열 한 시나 되었으니 거기를 가자면 어두워서나 들어갈
곳인데 거기다가 오다가 스러지는 함박눈이 태산 같이
쌓였나이다.

어떻든 우리는 떠났나이다. 어린아이들같이 기꺼운
마음으로 뛰어갈 듯이 떠났나이다.

우리가 수구문(水口門)에서 전차를 타고 왕십리 정
류장에 가서 내릴 때에는 검은 구름이 흩어지기를 시작
하고 눈이 부신 햇발이 구름사이를 통하여 새로덮인 흰
눈을 반짝반짝 무지개 빛으로 물들였었나이다. 저는 그
눈을 밟을 때 마다 처녀의 붉은 입술 사이에서 때 없이
지저귀는 어린 꾀꼬리의 그 소리같이 연하고도 애처롭게
얼크러지는 듯한 눈소리를 들으며 무슨 법열권 내(法悅圈
內)에 들어나 간 듯이 다만 R의 손만 붙잡고 멀리 보이
는 구부러 넓은 시골길만 내려다 보며 천천히 걸어갔을

뿐이외다.

그러나 R의 기색은 그리 좋지 못하였나이다. 무슨 푸른 비애의 기억이 그를 싸고 돌아가는 것 같이 그의 앞을 내다보는 두 눈에는 검은 그림자가 덮혀 있는 듯하였나이다. 그리고 때때 내가 주는 말에 대답도 하지 않고 보이지 않게 가벼운 한숨을 쉬며 그의 괴로운 듯한 가슴을 내려앉혔나이다.

때때 거리거리 서울로 향하여 떠 들어온 시골 나무 장사의 소몰이 소리가 한적한 시골의 가만한 공기를 울리어 부질없이 뜨겁게 돌아가는 저의 핏속으로 쓸쓸하게 기어들어올 뿐이었나이다.

넓고 넓은 벌판에는 보이는 것이 눈뿐이요, 여기저기 군데군데 서 있는 수척한 나무가 보일 뿐이었나이다. 저는 이것을 볼 때마다 저 북쪽 나라를 생각하였으며 정처없는 방랑의 생활을 생각하였나이다.

그리고 지금 우리 두 사람이 방랑의 길을 떠난다고 가정까지 하여 보았나이다. R는 다만 나의 유쾌하게 뛰어가는 것을 보고 쓸쓸한 웃음을 웃을 뿐이었나이다.

우리가 SC강을 건널 때에는 참으로 유쾌하였지요. 회오리 바람만이 이 귀퉁이에서 저 귀퉁이로 저 귀퉁이에서 이 귀퉁이로 획획 불어갈때에 발이 빠지는 눈 위로 더벅더벅 걸어갈 제 은싸라기 같은 눈가루가 이리로 사르락 저리로 사르락 바람에 불려 가는 것은 참으로 끼어안을 듯이 깜찍하게 귀여웠나이다. 우리는 그 눈 덮힌 모래톱으로 두 손을 마주잡고 하나, 둘을 부르며 달음질을 하였나이다. 그리고 또다시 SP강에 다다랐을 때에는 보기에도 무서워 보이는 푸른 물결이 음녀(淫女)의 남치마자락이 바람에 불리어 그의 구김살이 울멍줄멍 하는 것같이 움실 움실 출렁출렁하고 있었읍니다.

우리는 나룻배를 타고 그 강을 건너 주막거리에서 점심을 먹을 때에 R가 나에게 말하기를,

"술 한 잔 먹으려나?"

하기에 나는 하도 이상하여,

"술!"

하고 아무 소리도 못하였읍니다. 여태까지 술을 먹을 줄 모르는 R가 자진하여 술을 먹자는 것은 한 가지

이상한 일이었나이다.

　　KC를 무엇하러 가는지도 모르고 가는 저는 또한 R가 술 먹자는 것을 또다시 그 이유까지 물어볼 필요가 없었나이다.

　　그는 처음으로 술을 먹었나이다.

　　우리는 또다시 걸어나갔나이다. 마액(魔液)은 그 쓸쓸스러운 R를 무한히 흥분시켰나이다. 그는 팔을 내저으며 목소리를 크게 하여 말하기를 시작하였나이다. 그는 나의 손을 힘있게 쥐며,

　　"DH"

　　하고 부르더니 무슨 감격한 듯한 어조로,

　　"날더러 형님이라고 하게"

　　하고 조금 있다가 다시,

　　"나는 DH를 얼마간 이해하고 또한 어디까지 인정하는데"

하였나이다.

아, 얼마나 고마운 소리일까요? 저는 손아래 동생은 있어도 손위의 형님을 가질 운명에서 나지를 못하였나이다. 손목 잡고 뒷동산 수풀 사이나, 등에 업고 앞세워 물가로 데리고 다녀 줄 사람이 없었나이다. 무릎에 얼굴을 비벼가며 어리광 부려 말할 사람이 없었나이다. 다만 어린 마음 외로운 감정을 그렁저렁한 눈물 가운데 맛볼 뿐이었나이다.

그리고 할아버지나 할머니의 머리를 쓰다듬어 주시는 부드러운 사랑을 맛보지 못하였나이다. 그리고 아버지 어머니는 본래 젊으시니까.

그리고 어려서부터 오늘까지 지낸 과거를 생각하여 보면 웬일인지 한귀퉁이 가슴속에 메인 듯해요.

그런데 '형님'이라 부르고 '아우'라고 부르라는 소리를 듣는 저는 그 얼마나 기꺼웠을까요? 그 얼마나 반가웠을까요. 그리고 나를 이해하고 나를 얼마간일지라도 인정하여 준다는 말을 들은 나는 그 얼마나 감사하였을까요.

그러나 그 감사하고 반갑고 기꺼운 말소리에 나는 얼핏 '네' 하지를 아니하였나이다.

그 '네' 하지 않은 것이 잘못일는지 잘못 아닐는지 알 수 없으나 어찌하였든 저는 '네'소리를 하지 못하였읍니다. 그러면 그것이 나를 이해하고 나를 인정하여 주는 그 R의 마음을 더 슬프게 하였을는지 더 무슨 만족을 주었을는지 알 수 없으나 나는 거기에 이렇게 대답을 하였나이다.

"좋은 말이요. 우리 두 사람이 어떠한 공통선상에서 서로 인정하고 서로이해함을 서로 받고 주면 그만큼 더 행복스러운 일이 없지. 그러하나 형이라 부르거나 아우라 부르지 않고라도 될 수 있는 일이 아니일까? 도리어 형이라 아우라는 형식을 만들 것이 없지 아니하냐?"

고 말을 하였더니 그는 무엇을 깨달은 듯이,

"딴은 그것도 그렇지"

하고 나의 손을 더 힘있게 쥐었나이다.

3

금빛 나는 종소리가 파랗게 개인 공중을 울리우고 어데로 사라져 버리는지? 그렇지 않으면 온 우주에 가득 찬 에테르를 울리며 멀리멀리 자꾸자꾸 끝없이 가는지, 어떻든 그 예배당 종소리가 우두커니 장안을 내려다보는 인왕산 아래 붉은 벽돌집에서 날 때 저와 R는 C예배당으로 들어갔나이다.

그때에 누님도 거기에 앉아 계시었지요. 그리고 그 MP양도. 처음 보지 않는 MP양이지마는 보면 볼수록 그에게서 볼 수 있는 것이 자꾸 자꾸 변하여 갔나이다. 지난번과 이번이 또 다르지요. 지난번 볼 때에는 적지 않은 불안을 가지고 그 여성을 보았읍니다. 그리고 얼마간의 낙망을 가지고 보았을는지도 모르지요. 그러나 이번의 그를 볼 때에는 웬일인지 그에게서 보이지 않게 새어 나오는 무슨 매력이 나의 온 감정을 몽롱한 안개 속으로 헤매이는 듯하게 하였나이다.

그리고 그의 육체의 미도 지난번 볼 때에는 어째 흙 냄새가 나는 듯이 누런 감정을 나에게 주더니 오늘에는 불그레하게 황금색이 나는 빛을 나에게 던져 주더이다.

그리고 그 황금색이 농후한 액체가 평평한 곳으로 퍼지는 듯이 점점점점 보이지 않게 변하여 동색(銅色)의 붉은 빛으로 변하고 나중에는 어여쁜 처녀의 분홍 저고리 빛으로 변하기까지 하였나이다.

그리고 그가 고개를 돌릴 듯 돌릴 듯할 때마다 나의 전신의 혈액은 타오르는 듯하고 천국에 햇발 같은 행복의 빛이 나의 온몸 위에 내리붓는 듯하였나이다.

그리고 한 시간밖에 안 되는 예배 시간이 나의 마음을 공연히 못살게 굴었나이다.

어찌하였든 예배는 끝이 났지요. 그리고 나와 R는 바깥으로 나왔지요,

그때 누님은 나를 기다리었지요. 그리고 저와 누님은 무슨 이야기든가 그 이야기를 할 때 아아, 왜 MP양이 누님을 쫓아오다가 저를 보고 부끄러워 고개를 돌리며 저편으로 줄달음질 쳐 달아났을까요?그 그렇지 않다는 그 MP양. 누님, 그 MP양이 고개를 돌리고 줄달음질을 하거나 부끄러워 얼굴빛이 타오르는 저녁놀 빛 같거나 그것이 나에게 무엇이 되겠습니까?

그러나 왜 나를 보고 그리하였을까요? 아마 다른 남성을 보고는 그리 안했을 터이지요? 그리고 그 줄달음질

하여 저쪽으로 돌아가서는 그의 마음이 어떠하였을까요? 더욱 부끄럽지나 아니하였을까요? 그렇지 않으면 후회하는 마음이 나지나 아니하였을까요?

어떻든 그것이 나에게 준 MP의 첫째 인상이었나이다. 그리하고 환희와 번뇌의 분기점에 나를 세워논 첫째 동기였나이다.

저는 언제든지 이 시간과 공간을 떠날 날이 있겠지요. 그러나 그 깊이 박힌 인상은 두렵건대 그 시간과 공간에 영원한 흔적을 남겨 줄는지요?

4

사랑하는 누님, 왜 나의 원고는 도적질하여 갖다가 그 MP양을 보게 하였어요? 그 MP양이 그 글을 보고 얼마나 웃었을까요?

아아, 그러나 그 누님의 나의 원고를 도적하여다가 그 MP양을 보게 한 것이 나의 마음을 얼마나 즐거웁게 하였을까요?

누님의 도적질한 것은 그것을 죄를 정할까요, 상을 주어야 할까요? 저는 꿇어 엎디어 절을 하겠읍니다. 그리고 천국의 문을 열어 드릴 터입니다.

그런데 그 원고○○○이라 한 끝에 서투른 필적이 새로 생기었어요.

그리고 지울 수도 없는 잉크로 나의 글씨를 흉내를 내인 것인지 그렇지 않으면 그의 필적을 자랑하려 한 것인지? 그렇지만 그런 것은 아니겠지.

그렇지요, 그렇지는 않지요. 그러나 나의 원고를 더럽힌 그에게는 무엇이라 말을 하여야 좋을까요?

그러나 그러나 그 필적은 그의 가슴에 무엇인지를 전하여 주는 듯하였나이다. 사람의 입으로나 붓으로는 조금도 흉내낼 수 없는 그 무엇을 전하였더이다. 다만 취몽중에 헤매이는 젊은이의 가슴을 못살게 구는 그 무엇을?

5

고맙습니다. 누님은 그 MP양과는 또다시 더 어떻게 할 수 없는 형제와 같다 하였지요? 그리고 서로서로 형님 아우하고 지낸다지요. 저는 다만 감사할뿐이외다. 그리고 영원한 무엇을 바랄 뿐이외다. 그러나 저에게는 그 누님과MP 사이를 얽어 놓은 형제라 하는 형식의 줄이 나를 공연히 못살게 구나이다. 그리고 모든 불안과 낙망 사이에서 헤매이게 하나이다.

누님의 동생이면 나의 누이지요. 아니 나의 누님이지요. 그 MP양은 나보다 한 살이 더하니까 그러면 나도 그 MP양을 누님이라 불러야 할 것이지요.

아아, 그것이 될 일일까요. 누님이라 부르기가 어려운 일이 아니지마는 나의 입으로 그를 누님이라고 부른다 하면 그 부르는 그날로부터는 그의 전신에서 분홍빛 나는 무슨 타는 듯한 빛을 무슨 날카로운 칼로 잘라 버리는 듯이 사라져 버릴 터이지. 아니 사라져 없어지지는 않더라도 제가 이 눈을 감아야지요. 아아, 두려운 누님이란 말, 나는 이 두려운 소리를 입에 올리기도 두려워요.

6

오늘 저는 PC에 보낼 원고를 쓰고 있었습니다. 머리가 아프고 신흥이 나지가 않아서 펴놓은 종이를 척척 접어 내던져 버리고 기지개를 한 번 켜고 대님을 한 번 갈아매고 모자를 집어쓰고 바깥으로 나갔습니다. 시계는 벌써 일곱시를 십 분이 지나고 있었나이다.

저의 가는 곳은 말할 것도 없이 R의 집이지요. 그리고 내가 책을 볼때에나 글씨를 쓸 때에나 길을 걷거나 천정을 바라보고 누워 있을 때나 눈을 감고 명상할 때에나 나의 눈앞을 떠나지 않는 그 MP양을 오늘 R의 집에를 가면서도 또 보았읍니다.

저는 언제든지 MP양을 생각합니다. 허무한 환영과 노래하며 춤추며 이야기하며 나중에는 두렵건대 손을 잡고 이 세상의 모든 유열(愉悅)을 극도로 맛보았읍니다. 그러나 그것이 한낱 공상인 것을 깨달을 때에는 저도 공연히 심증이 나고 모든 것이 귀찮고 모든 것이 비관의 종자가 될 뿐이었나이다. 그리고 아아 과연 다만 일 찰나 사이라도 그 MP의 머릿속에서 나의 환영을 찾아낸다 하면 그 얼마나 나의 행복일까 하였나이다.

그리고 그 MP는 나를 조금도 생각지 않은 것만 같아서 공연히 마음이 애달팠나이다.

그날 R는 집에 있지 않았읍니다. 저의 마음은 눈물이 날 듯이 공연히 센티멘털로 변하여졌나이다. 그래서 정처없이 방황하기로 정하고 우선 L의 집으로 가 보았읍니다.

제가 그 처녀와 같이 조금도 거짓없음을 부러워하는

L은 나를 보더니 그 검은 얼굴에 반가와 죽을 듯한 웃음을 띠우고 손목을 잡아 자기 방으로 끌어들이더니, 어저께도 왔었는데

"왜 그동안에 그렇게 오지를 않았나?"

하지요. 그래 나는 그 얼마나 고독히 지내는 그 L을 보고 이때껏 계속하여 왔던 감상이 가슴 한복판으로 모여드는 듯하더니 공연히 눈물이 날 듯. 하지요. 그래 억지로 그것을 참고 멀거니 앉아 있었더니 그 L은 또 날더러 독창을 하라지요. 다른 때 같으면 귀가 아프다고 야단을 쳐도 자꾸자꾸 할 저이지마는 오늘은 목구멍에서 무엇이 잡아당기는지 그 목소리가 조금도 나오지를 아니하였나이다. 그래 공연히 앙탈을 하고 일어나기를 싫어하는 그 L을 옷을 입혀 끌고 바깥으로 나갔읍니다. 저녁 안개는 달빛을 가리우고 붉은 전등불만이 어두움 속에 진주를 꿰뚫어 논 듯이 종로 큰 거리에 나란히 켜 있을 뿐이었나이다.
두 사람이 나오기는 나왔으나 어디로 갈 곳이 없었나이다. 주머니에 돈이 없으니 하루 저녁을 유쾌히 놀 수

도 없고 또 갈 만한 친구의 집도 없고 마음만 점점 더 귀찮고 쓸쓸스러운 생각을 하였나이다.

우리 두 사람은 결국 때 없이 웃는 이의 집으로 가기로 하였나이다.

우리는 한 집에를 갔으나 우리를 기다리지 않는 그는 있지 않았나이다.

그래 하는 수 없이 설영(雪影)의 집으로 가기를 정하고 천변으로 내려섰나이다. 골목 안의 전기불은 누구를 기다리는 것 같이 빙그레 웃으며 켜 있었지요. 우리는 그 집에를 들어가

"설영이"

하고 불렀나이다.
안방에서 영리한 목소리로,

"누구요?"

하는 설영의 목소리가 났읍니다.
우리 두 사람은

"있고나"

하였읍니다. 그리고 공연히 마음이 반가왔나이다.

그리고 설영이는 마루 끝까지 나와,

"아이그 어서오세요, 왜 그렇게 한번도 아니 오셔요"

하지요.

아, 누님 그 소리가 진정이거나 거짓이거나 관성(慣性)으로 인하여 우연히 나온 말이거나 아무것이거나 나는 그것을 생각하려고 하지는 않습니다.

다만 감상에 쫓기어 정처없이 방황하려는 이 불쌍한 사람에게 향하여 그의 성대를 수고롭게 하여 발하여 주는 그의 환영의 말이 얼마나 나의 피곤한 심령을 위로하여 주었을까요.

그는 날더러 '오라버니'라 하여 주기를 맹세하여 주었읍니다. 그리고 영원히 오라버니가 되어 달라 하였읍니다.

누님, 과연 내가 남에게 오라버니라는 존경을 받을 만한 자격의 소유자가 될 수 있을까요. 물론 그것도 나의 원치 않는 형식입니다. 그러나 나는 그 설영을 친누이

동생같이 사랑하렵니다. 그리고 영원히 영원히 나의 누이동생을 만들려 하나이다. 그리고 다만 독신인 설영이도 진정한 오라비같은 어떠한 남성의 남매 같은 애정을 원하겠지요. 그러나 그러나 무상인 세상에 그것을 과연 허락할 참신이 어느 곳에 계실는지요? 생각하면 안타까울 뿐이외다.

그날 L은 설영을 공연히 못살게 놀려먹었나이다. 물론 사념(邪念) 없는 어린애 같은 유희지요. 그때 L은 설영을 잡으려고 달려들었습니다. 설영은 소리를 지르며 간지러운 웃음을 웃으면서 나의 앞으로 달려들며,

"오라버니! 오라버니!"

하고 그 L을 피하였나이다. 나는 그때 그 설영이 비록 희롱에서 나왔다 하더라도 L에게 쫓기어 나에게 구호함을 청할 때에 아아, 과연 내가 이와 같은 여성의 구호를 청함을 받을 만한 자격의 소유자일까 하였나이다. 그리고 모든 여성은 다 나를 보려고 하지도 않는 생각을 하고 혼자 이 설영이가 나에게 구호함을 청한다는 것은 그 설영을 끼어안을 듯이 귀여운 생각이 났나이다. 그러

나 나타났다 사라지는 환영의 그림자일까? 팔팔팔 날리는 봄날의 아지랑이일까? 영원이란 무엇일는지요.

7

날이 매우 따뜻하여졌습니다. 내일쯤 한 번 가서 뵈오려 하나이다. 하오에 기다려 주십시오. 그리고 W군은 어저께 동경으로 떠나갔다는 말을 들었읍니다. 만나보지 못한 것이 매우 섭섭하외다. 그리고 S군 Y군도 그리로 향하여 수 일 후에 떠나간다는 말을 들었습니다. 아아, 저는 외로운 몸이 홀로이 서울에 남아 있게 되겠지요. 정다운 친구들은 모두 다 저 갈 곳으로 가 버리고.

8

왜 어저께 저는 누님에게를 갔을까요? 그 간 것이 나에게 좋은 기회이었을까요? 그렇지 않으면 좋지 못한 기회이었을까요.

어떻든 어저께 나는 처음으로 그 MP와 말을 하게되었습니다. 그리고 가까이 서로 보고 앉아 간질간질한 시선으로 그를 보게 되었습니다. 그리고 나의 눈에서 방산(放散)하는 시선의 몇 줄기 위로 나의 쉴새없이 뛰는 영의 사자를 태워 보내었나이다.

그는 그때 그 예배당 앞에서 나를 보고 고개를 돌리고 줄달음질하던 때와는 아주 달랐읍니다. 그의 마음속으로는 나의 전신의 귀퉁이로부터 귀퉁이까지 호의의 비평을 하였을는지 악의의 비평. 그렇지는 않겠지? 을 하였을는지 어떻든 부단의 관찰로 비평을 하였겠지요.

그러나 그의 눈과 안면은 아주 침착하였나이다. 그리고 그에게서 가장 아름다운 목소리는 아주 나의 마음을 취하게 할 듯이 부드럽고 연하며 은빛이 났나이다.

그리고 나의 글을 너무 칭상(稱賞)하는 것이 조금 나를 부끄럽게 하였으며 또는 선생님이라는 경어가 아주 나를 괴롭게 하였나이다.

누님, 만일 그가 날더러 선생이라 그러지 않고 오라비라고 하였드면? 그 찰나의 나의 모든 것은 다 절망이 되어 버렸을 터이지요. 그 선생이라는 말을 듣기 싫어하는 제가 도리어 그 선생이라는 말을 듣는 것이 행복인 것을 깨달을 날이 있을 줄은 이제 처음으로 알게 되었나이다.

어떻든 저는 그 MP와 만날 기회를 얻었읍니다. 그리고 서로 말소리를 바꾸게 되었읍니다. 아마 이것이 저와 그 MP 사이에 처음 바꾸는 말소리가 되었겠지요? 그리고 우주의 생명 중에 또다시 없는 그 어떠한 마디이었겠지요.

그러나 저는 불안을 깨닫습니다. 마음이 못견딜 만치 불안합니다. 다만 한번 있는 그 기회의 순간이 좋은 순간이었을까요. 기쁜 순간이었을까요.

무한한 희망과 영원한 행복을 저에게 열어 주는 그 열쇠 소리가 한 번 째각 하는 그 순간이었을까요. 그렇지 아니하면 끝없는 의혹과 오뇌 속에서 만일의 요행만 한 줄기 믿음으로 몽롱한 가운데 살아 있다 그대로 사라져 없어졌다면 도리어 행복일 걸 하는 회한의 탄식을 나에게 부어 줄 그 순간이었을까요? 어찌하였든 저는 한옆으로 요행을 꿈꾸며 한옆으로 부질없는 낙망에 헤매이나이다.

9

오늘은 아침 아홉시에 겨우 잠을 깨었나이다. 그것
도 어제 저녁에 공연히 돌아다니느라고 늦게 잔 덕택으
로 아침에 일어나지 못하는 행복을 얻었더니 그나마 행
복이 되어 그리하였는지 R가 찾아와서 못살게 굴지요.
못살게 구는데 쪼들리어 겨우 잠을 깨어 세수를 하였나
이다.

이상한 일이었나이다. 제가 R의 집을 가기는 하여도
R가 저의 집에 찾아오는 일이 없는 그가 오늘 식전 아침
에 저를 찾아온 것은 참으로 뜻밖이고 이상 합니다.

그는 매우 갑갑한 모양이었나이다. 그리고 요사이 며
칠 동안 그의 얼굴은 그리 좋지 못하였으며 언제든지 무
슨 실망의 빛이 있었나이다.

오늘도 그는 침묵 속에 있었나이다. 그리고 먼 산만
바라보고 있었나이다.

그는 어디로 산보를 가자 하였나이다. 저는 아침도
먹지 않고 그와 함께 정처없이 나섰나이다.

우리는 전차를 타고 H와 P의 집에를 가 보았으나 H
는 아침 먹고 막 어딘지 가고 없다 하고 P는 집에 일이

있어서 가지를 못하겠다 하지요. 그래 하는 수 없이 우리 단 두 사람이 또다시 HC를 향하여 떠났나이다.

천기는 청명, 가는 바람은 살살, 아주 좋은 봄날이었나이다. 우리는 전차에서 내렸나이다. 오포가 탕하였나이다. 멀리멀리 흐르는 HC강은 옛적과 같이 고요히 흐르고 있었나이다. 아무 소리도 없고 아무 향기도 없고 아무 웃는 것도 없고 다만 푸른 물 속에 취색(翠色)의 산 그림자를 비추어 있어 다만 '아아 아름답다'하는 우리 두 사람의 못 견디어 나오는 탄성뿐이 고요한 침묵을 가늘게 울릴 뿐이었나이다. 우리는 언덕으로 내려가 한가히 매어 있는 주인 없는 배 위에 앉아 아무 소리없이 물 위만 바라보았나이다. 푸른 물 위에는 때때 은사(銀絲)의 맴도는 듯한 파연(波漣)이 가늘게 떨 뿐이었나이다. 그리고 사르렁사르렁하는 은사의 풀렸다 감겼다 하는 소리가 들리는 듯하였나이다.

우리는 한참이나 앉아 있었나이다.

우리는 문득 저쪽을 바라보았나이다. 그리고 나의 가슴은 공연히 덜렁덜렁하고 전신에 식은 땀이 흐르는 듯하였나이다. 저기 저쪽에는 그 비단결같은 물 위에 한가히 떠 있어 물 속으로 녹아들 듯이 가만히 있는 그 요

트 위에는 참으로 뜻밖이었어요. 그 MP가 어떠한 다른 동무하고 나란히 앉아 있었나이다.

그러나 그 MP는 나를 보고도 모르는 체하는지 보지 못하고 모르는 체하는지 다만 저의 볼 것 저의 들을 것만 보고 들을 뿐이었나이다.

저는 그 MP에게로 달려가고 싶었습니다. 아, 그러나 만일 그가 나를 보고도 못 본 체한다면 불과 몇십 간 되지 않는 거기에 있는 그가 어째 나를 보지 못하였을까? 못 보았을 리가 있나? 라고만 생각하는 저는 그에게로 가기가 두렵고 공연히 무엇인지 보이지 않는 무엇이 원망스러웠을 뿐이었나이다.

그런데 웬일일까요. MP를 나 혼자만 아는 줄 아는 저는 R의 기색에 놀라지 아니치 못하였나이다.

R는 나의 손을 잡아다니며,

"MP가 왔네"

하였습니다. 그 소리를 듣는 저는 R가 어떻게 MP를 아는가 하였나이다. 그리고 무엇인지 번개와 같이 무슨 공포를 깨달은 것이 있었나이다.

R는 대담하게 MP에게로 갔읍니다. 저도 그를 따라 갔읍니다. R는 모자를 벗고 그에게 예를 하였나이다. 아아 그러나 누님, 정성을 다하지 않고 몽롱한 의심과 적지 않은 불안으로 주는 저의 예에는 그의 입가장자리로 불그레한 미소가 떠돌았으며 따뜻한 눈동자의 금빛 광채이었나이다.

　　그리고

　　"아이고 어떻게 이렇게 오셨어요?"

　　하는 그의 전신을 녹이는 듯한 독특한 어조가 저를 그 순간에 환희의 정화(精華) 속으로 스며들게 하였나이다.

　　우리 두 사람은 그를 작별하고 바로 시내로 들어왔나이다. 웬일인지 저의 마음은 한없이 기뻤나이다. 그리고 전신의 혈액은 더욱더 펄펄 끓기를 시작하였나이다. 그러나 R의 얼굴은 그전보다 더 비애롭고 실망의 빛이 떠돌았나이다. 쓸쓸한 미소와 쓸쓸한 어조가 도는 저의 동정의 마음을 일으킬 만치 처참한 듯하였나이다. 저는 R에게,

“어떻게 MP를 알든가?”

하였습니다. 그는 무슨 옛날의 환상을 보는 듯한 표정으로,

“그전부터 알어”

하였나이다. 이 소리를 듣는 저는 그러면 이성 사이에 만나면 생기는 사랑의 가락(絡)이 그 MP와 이 R 사이에 매어지지나 아니하였나 하고 여태껏 기꺼웁던 것이 점점 무슨 실망의 감상으로 변하여 버리었나이다. 그리고 차차 의혹 속에 방황하게 되었나이다.

그리하다가도 그 R의 실망하는 빛과 MP의 냉담한 답례가 저에게 눈물날만치 R를 동정하는 생각을 나게 하면서도 또 한옆으로는 무슨 승자의 자랑을 마음 한귀퉁이에서 만족히 여기었으며 불행한 R를 옆에 세우고 다행히 환희를 맛보았습니다.

그날 저는 R의 집에서 자기로 정하였나이다. 밤 열한 시가 지나도록 별로 서로 말을 한 일이 없는 R과 두 사람 사이에는 공연히 마음이 괴로운 간격을 깨닫게 되

었나이다. 그리고 그의 푸른 비애와 회색 실망의 빛이 그의 얼굴로 가끔가끔 농후하게 지나갈 때마다 저는 공연히 불안하였나이다.

저는 R에게 그 기색이 좋지 못한 이유를 묻기를 두려워하였나이다. 그리고 만일 그 비애의 빛과 실망의 빛이 그 MP로 인한 것이 아니고 다른 것으로 인한 것이라 하면 저는 그때 그 R의 그 비애와 실망과 또 같은 비애 실망을 맛보았을 것이지요?

그러나 저는 형제와 같은 그 R의 비애 실망을 그 MP로 인하여서라고 인정하지를 아니하면 저의 마음이 불안하여 못견디겠으므로.

그날 저녁 R는 자리에 누워서도 한잠을 자지 못하는 모양이었나이다. 다만 눈만 멀뚱멀뚱하고 천장만 바라보고 있었나이다. 그리고 머리를 짚고 눈을 감고 무엇인지 명상하듯이 가만히 있었을 뿐이었나이다. 그의 엷은 눈썹은 가늘게 떨리고 있었습니다.

저도 웬일인지 잠이 오지 않았습니다. 그래 머리맡 서가에 놓여 있는 <On the Eve>를 집어들고 한참이나 보다가 잠이 깜빡 들었습니다.

10

저는 어리석은 사람이 되어 버리었나이다. 꿈을 믿고 길에서 장님을 만나면 두 다리에 풀이 다하도록 실망을 하게 되었나이다.

그리고 꽃의 화판을 '하나 둘'하며 'MP가 나를 사랑하느냐 사랑하지 않느냐?'하며 차례차례 따보게 되었습니다. 그리고 만일 '사랑한다'하는 곳에서 맨 나중 꽃잎사귀가 떨어지면 성공한 것처럼 춤을 출 듯이 만족하였으며 그렇지 않고 사랑하지 않는다는 곳에 와서 그 맨나중 꽃잎사귀가 떨어지면 공연히 낙망하는 생각이 나며 비로소 그 헛된 것을 조소합니다. 그러나 어느 틈에 또다시 그 꽃잎사귀를 따보고 싶어 못 견디게 되나이다. 저는 요행을 바라는 동시에 말할 수 없는 미신자가 되었습니다. 오늘은 제가 누님을 만나 뵈러 가지 않으려 하였으나 W군이 Piece를 찾아 달라 하여서 누님에게로 갔었읍니다.

누님이 나오기를 기다리고 있는 동안에 나는 다만 침착하고 고요한 마음으로 정문 앞 플랫포옴을 왔다갔다 하였나이다. 그러다가 문 열리는 소리가 나더니 나오는 사람은 누님이 아니고 그 MP였읍니다. MP는 나를 보더니 생긋 웃으며 고개를 숙여 예를 하여 주었나이다. 그리고 그곳에 서 있었나이다. 그 뒤를 따라 나온 이가 누님이었지요.

저의 마음은 이상하게 기뻤나이다. 그리고 아주 무슨 희망을 잃은 듯하였나이다. 길거리로 걸어다니면서도 혹시나 MP를 만나 인사를 주고 받을 만한 순간의 기회를 기대하는 저는 누님에게로 갈 때마다 그 MP를 만날 수가 있을까 하는 기대를 가지고 다니었나이다. 오늘도 그 기대를 조금일지라도 아니 가지고 간 것이 아니었건마는 그 MP가 있지 않을 줄 안 저는 아주 단념을 하고 갔었습니다. 그래 그 MP를 만난 것은 아주 의외이었지요.

누님 그 MP가 무엇하러 누님보다도 먼저 저를 보러 나왔을까요. 어린 아우를 만나려는 누님의 마음이었을까요. 반가운 정인을 만나려는 애인의 마음이었을까요. 무엇이었을까요?

그는 저와 오래 동안 말을 하였나이다. 그리고 동청(冬靑)이 푸른 잔디 사이를 누님과 저 세 사람이 산보하였지요? 저희가 그 좁은 길로 지나올 때 저는 그 MP에게,

147

"R를 어떻게 아셨든가요?"

하고 물어 보았읍니다. 그 MP는 조금 얼굴이 불그레한 중에도 미소를 띠며,

"네, 그전에 한 두어 번 만나 본 일이 있었어요"

하고 대답을 하였지요.
그 소리를 듣는 저는 곧,

"R는 참 좋은 사람이야요"

하였지요. 그러니까 그 MP는 곧 다른 말로 옮기어 버렸나이다.

그렇게 한 지 십 분쯤 되어 누님과 우리 두 사람은 무슨 조용히 할 말이나 있는 것처럼 주저주저 하였나이다. 그러니까 그 MP는 곧 영리하게 그것을 알아차리고 안으로 들어가 버렸지요.

아아 그때 저의 마음은 아주 섭섭하였읍니다. 우리가 우리의 필요한 이야기를 하지 못한다 하더라도 그

MP는 떠나기가 싫었나이다. 그러나 그의 검은 치맛자락의 그림자는 보이지 않게 사라져 버리었나이다. 그때 누님은 절더러 이야기를 하여 주었지요. 그 MP를 R가 사랑하려다가 그 MP가 배척을 하였다는 것을. 그리고 그 MP가 저의 그 누님이 도적하여 간 원고를 보고 도외(度外)의 찬성을 하더라는 것과 그러나 그가 한 가지 불만으로 생각하는 것은 신앙이 적더라는 것을 저는 누님과 작별을 하고 문 밖으로 나오며 뛰어갈 듯이 걸음을 속히 하여 걸어가며,

"내가 행복한 자냐 불행한 자냐?"

하고 혼자 소리를 질러 보았읍니다.

그러다가는 그 신앙이 적다고 하는 데 대하여는 적지 않은 불쾌와 또 한옆으로는 희미한 실망을 깨달았습니다.

그래 집에 돌아와 아랫목에 누워서 여러 가지로 그 MP와 저 사이를 무지개 빛 나는 아름답고 거룩한 것으로만 얽어 놓아 보다가도 그 신앙이란 말을 생각하고는 곧 의혹 속에 헤매었나이다. 그러다가는 그의 집에서 본

<On the Eve>를 읽던 것이 생각되며 그 여주인공 에레나의 일기가 생각났습니다.

그의 애인 인사로프와 그의 아버지가 그와 결혼시키려는 크르나도오스키를 비교하여 인사로프에게는 신앙이 있을지라도 크르나도오스키에게는 신앙이없었다. 자기를 믿는 것만으로는 신앙이 있다고 말할 수 없으니까.

누님, 저는 이 글을 볼 때 공연히 실망하였습니다. 에레나는 신앙 있는 사람을 사랑하였습니다. 그리고 신앙 없는 사람을 사랑치 않았습니다.

그러면 MP도 언제든지 신앙 있는 사람을 사랑할 터이지요. 그러면 그 MP가 저에게 신앙이 없다고 한 말은 저를 동생이나 친우로 여길는지는 알 수 없으나 애인으로 생각지는 못하겠다는 것이지요.

누님, 그러면 저는 실망할까요. 낙담할까요? 신앙이란 무엇일까요. 물론 누구에게든지 신앙이 없는 사람이 없읍니다. 누구는 예수를 믿고 석가를 믿고 우상을 믿고 여러 가지를 믿습니다.

그리고 또 자기를 믿는 사람이 있기도 합니다. 그리고 누님, 저도 무엇인지 신앙하는 것이 있겠지요? 신앙이 없는 사람이 이 세상에서 생명을 가지고 살아 있다는 것은 거짓말이니까. 누구든지 각각 자기가 신앙하는 것이 있기 때문에 이 세상에 살아 있으니까 저도 또한 이 세상에 살아 있는 사람이라 어떠한 신앙이든지 가지고 있겠지요.

저 어떠한 종교를 어리석게 믿는 사람들은 각각 자기의 신앙만이 참 신앙으로 생각합니다. 그리고 남의 신앙을 조소합니다. 그러나 한 번 더 크게 눈을 뜨고 고개를 돌리어 사면을 둘러보는 자는 각각 이것과 저것을 대조할 수가 있을 것이지요? 그리고 각각 장처(長處)와 결점을 찾아낼 수가 있을 것이지요. 이불을 뒤집어 쓰고는 물론 그 이불 속뿐이 세상인 줄 알 터이지요. 그러하나 그 이불 속만이 세상이 아니고 그 속에만 진리가 있는 것이 아닌 줄 아나 그 이불을 벗어 버린 자는 그 이불 쓴 사람을 불쌍히 여기었을 터이지요. 그러면 이 세상에는 그 이불을 벗은 사람이 여럿이 있었습니다. 그리하여 그 이불을 뒤집어 쓴 사람들을 아주 불쌍히 여기었습니다.

그러면 저도 그 이불을 벗은 사람의 하나가 되려 합니다. 다만 어떠한 이름 아래서든지 그 온 우주의 가득 차서 영원부터 영원까지 변치 않는 진리를 믿는 사람이

되려 하나이다. 그리하여 다만 그것을 구할 뿐이요, 그것
을 체험하려 할 뿐이외다.

물론 사람은 약한 것이지요. 심신이 다 강하지는 못
하지요. 제가 어떠한 때 본의 아닌 일을 할 때가 있다 하
더라도 그것은 다만 약한 까닭이겠지요.

그리고 그것을 깨닫는 때는 그것을 고치겠지요. 그리
고 누님, 한 가지 끊어 말하여 둘 것은 <Quo Vadis>에 있
는 비니큐스와 같이 리지아의 신앙과 같은 신앙으로 인
하여서 저도 그 비니큐스는 되지 않겠지요.

아아 그러나 누님, 제가 어찌하여 이와 같은 말을 쓸
까요? 자기의 생명까지 희생하는 것은 사랑이 있을 뿐이
지요. 사람이 사랑으로 나고 사랑으로 죽고 사랑으로 살
기만 하면 그 사람의 생은 참 생이 되겠지요.

그러하나 저희는 사랑을 생각할 때마다 마음이 두
근거립니다. 처음은 이성(異性)에게 사랑을 구하는 자가
누가 주저하지 않은 자가 있고 누가 가슴이 떨리지 않는
자가 있을까요. 그러면 사랑이란 죄악일까요? 죄지은 자
와 똑같은 떨림과 불안을 깨닫는 것은 어찌함일까요.

그렇습니다. 우리 인생에게는 두 가지 큰 문제가 있
습니다. 그것은 열정과 이지입니다. 이 세상의 역사는 이

두 가지의 싸움입니다. 그리고 모든 불행의 근원은 이 열정과 이지가 서로 용납하지 않는 곳에 있는 것입니다.

그리운 이성(異性)을 보고 자기 마음을 피력치 못하고 혼자 의심하고 오뇌하는 것도 이지로 인함이지요. 저는 어떻게 하면 이 이지를 몰각한 열정만의 인물이 되려 하나, 그 이지를 몰각한 열정만의 인물이 되겠다는 것까지도 이지의 부르짖음이지요. 시간이 없어서 두어 마디로 대강만 쓰고 요다음 언제든지 기회 있으면 열정과 이지에 대하여 좀 써보내려 하나이다.

조용한 저녁 날에 술주정꾼 같이 저는 정처없이 헤매이나이다. 안개빛 저의 가슴에서는 눈물이 때없이 솟나이다. 아아 누님, 누님은 다만 참사람이 되어 주시오. 저도 또한 그렇게 되려 하나이다.

오늘 저는 또다시 R의 집에를 갔었나이다. 그 R는 있지 않았읍니다.

그러나 얼마 있지 않으면 곧 들어오리라는 그 집 사람의 말을 듣고 저는 그의 방에서 기다리게 되었나이다. 그러나 R가 저와 형제같이 친하지가 않으면 그와 같이 주인 없는 방안에 들어가 앉아 있지를 못하였을 터이지요. 그래 그와 친하다 하는 무엇이 저를 그의 방으로 들어가게 하였읍니다.

저는 그의 방에 들어가 그의 책상 앞에 앉았나이다. 그때 문득 저의 눈에 보이는 것은 그가 써서 놓은 편지였나이다. 그리고 그 편지 피봉에는 MP라 쓰여 있었읍니다. 저의 마음은 공연히 시기하는 마음이 나며 또한 그 편지를 기어이 보고 싶은 생각이 났었읍니다. 마침 다행한 것은 그 편지를 봉하지 않은 것이었나이다.

저는 그것을 보았읍니다.

그 속에는 이러한 말이 쓰여 있었읍니다.

DH는 미숙한 문사(文士)이요, 그리고 일개 Bourgeois에 지나지 못하는 사람이요라고.

아아 누님, 저는 손이 떨리었나이다. 그리고 그 편지를 다시 그 자리에 놓고 그대로 바깥으로 뛰어나왔읍니다. 그리고 길거리로 걸어오며 눈물이 날 만치 모든 것이 원망스럽고 또 한옆으로는 분한 생각이 나서 못 견디었나이다.

그리고 사랑하는 R가 그와 같은 말을 써보낼 줄 참으로 알지 못하였나이다. 누님 그렇지요. 저는 글쓰는 데 미숙하겠지요. 저는 거기에 조금이라도 이의를 말하려 하지 않나이다. 그러나 그 말을 무엇하러 MP에게 할 것

일까요.

아아 누님, 저는 일개 참사람이 되려 할 뿐이외다.

저는 문학가 문사(文士)라는 칭호를 원치 않아요. 다만 참사람이 되기 위하여 글을 봅니다. 그리고 느끼는 바를 견딜 수 없었습니다. 그리고 나와 같은 느낌과 깨달음이 우리 인생을 위하여 조금이라도 보탬이 될까 하였습니다.

그러나 저 일개인의 성공은 얻기가 어려울 터이지요. 제가 느끼고 깨닫는 것은 길고 긴 우주의 생명과 함께 많고 많은 사람들이 깨닫는 것에 다만 몇 천만억분의 일이 될락말락 할 터이지요. 그리고 그 저의 생명이 그치는 날에는 그것보다 조금 더하여질 뿐이지요. 그리고 그것보다 더 큰 무엇을 원할지라도 유한한 저의 육체와 정신은 그것을 용서치 않을 터이지요.

그러면 제가 Bourgeois나 Proletaria나 무엇 어떠한 부름을 듣든지 언제든지 참사람이 되려 할 뿐이외다.

아마 이 세상의 모든 진리를 혼자 깨달을 줄 아는 사람일지라도 이 참사람이 되려는 데서 더 벗어나지는 못하였을 터이지요.

그러나 저는 오늘부터 친애하는 친우 하나를 잃어버

리게 되었나이다.

아무리 아무리 제가 너그러운 마음으로써 그전과 같이 R를 대하려 하나 그는 나를 모함한 자이지요. 어찌 그전과 같은 정의(情誼)를 계속할 수가 있을까요. 그러나 저의 마음은 괴롭습니다. 그리고 그 KC를 가면서 저에게 형제와 같이 지내자던 것을 생각하고 또는 그동안 지내오던 정분을 생각하고 그것이 다만 한 순간에 깨어지는 것을 생각할 때 저의 마음은 아주 안타까왔나이다. 그러다가도 그 R의 손을 잡고 기꺼워하고 싶었읍니다.

11

집에서 나올 때 동생 L이 울며 쫓아나오면서,

"형님 형님 나하고 가"

하며 부르짖었나이다. 그리고 두 팔을 벌리고 저를 바라보고 있었읍니다. 그러나 발이 떨어지지 않지만 하는 수 없이 어머니에게 L은 맡기고 또다시 R를 찾아갔나이다.

어제 저녁 늦도록 잠을 자지 못한 저는 오늘 또다시 새벽에 일찍 일어났으므로 몸이 조금 피곤하였나이다.

저는 R의 집으로 가면서 몇 번이나 가지 않으리라 하여 보았읍니다.

날마다 가는 R의 집에를 일 주일이나 가지 않은 저는 오늘도 또 가 볼 마음이 그리 많지는 않았읍니다. R를 생각하면 할수록 분하고 답답한 저는 언제든지 그 마음을 누르려 하였으나 그리 속마음이 편치는 못하였읍니다.

제가 R의 집에 들어갈 때에는 아주 마음이 유쾌치 못하였읍니다. R는 저를 보고 힘없이 저의 손을 잡고 인사를 하여 주었읍니다. 그리고

"어서 오게"

하는 소리가 아주 반갑지 못하였읍니다. 저는 그 R를 보기 전에는 반갑게 인사를 하리라 한 것이 지금 그를 만나 보니까 공연히 그와 함께 있는 것이 싫은 생각이 나서 그대로 바깥으로 나오고 싶었읍니다.

저는 그대로 서서,

“여러 날 만나지 못하여서 조금 보고나 갈까 하고.”

하며 그를 쳐다보았읍니다. 그는 다만 고개를 끄덕하며,

“응.”

할 뿐이었나이다. 저는 갑자기 뛰어나오고 싶었읍니다. 그래,

“내일 또 봅시다”

하고 그대로 뛰어나왔읍니다. 그 R는 아무 말도 없이 자기 방으로 들어가 버렸읍니다.

아아, 누님, 우리 두 사람 사이는 어째 이리 멀어졌을까요? 무슨 간격이 생겼을까요? 그리고 무슨 줄이 끊어졌을까요. 저는 그것을 알 수가 없읍니다.

제가 종로를 걸어올 때였읍니다. 저쪽에서 뜻밖에 그 MP가 걸어왔읍니다.

그때 저는 그 MP와 만나 인사를 하리라 하였읍니다.

그러나 그 MP는 어떠한 양복 입은 이와 함께 저를 보았
는지 저의 곁으로 그대로 지나가 버렸나이다. 저는 다만
지나가는 그만 바라보고 있다가 손을 단단히 쥐고

"에 고만두어라"

하였읍니다.
저는 말할 수 없는 번뇌 가운데

"에, 설영(雪影)에게나 가리라"

하였나이다.
그리고 천변(川邊)으로 그의 집을 찾아갔읍니다. 그
때 저의 마음에도 설영이가 있지 않으리라는 생각은 없
이 으례히 만나려니 하였나이다.
그러나 설영을 부르는 저의 목소리에 그 영리하고
귀여운 우리 누이동생의 목소리는 나지 않고 그의 어머
니가"없소"하고 냉대하듯 보통 손님과 같이 대답을 하였
습니다. 그 소리를 듣는 저는 공연히 섭섭한 생각이 나며
또는 설영이가 저를 한낱 지나가는 손처럼 생각하는 듯

하고 또한 어떠한 정인(情人)이나 찾아가지 않았나 할 때 오라비 노릇을 하려는 저도 공연히 질투스러운 마음이 나며, '다 그만 두어라'하는 생각이 나고 공연히 감상(感傷)의 마음이 났읍니다.

저는 그대로 집으로 갔읍니다. 집 문간에서 놀던 L은 반기어 맞으면서 두 팔을 벌리고 저에게 턱 안기며 몸을 비비꼬고 그의 가는 손으로 간지럽고 차디차게 저의 뺨을 문질러 주었나이다. 그때 저는 모든 감상(感傷)의 감정은 가슴 한복판으로 모아드는 듯하더니 눈물이 날 듯하였나이다. 그때 그 L은

"형님 임마!"

하였나이다. 그래 저는 그에게 입을 맞추려 하니까 그는 무엇이 만족치 못한지,

"아니 아니 귀 붙잡고"

하며 그의 손으로 저의 두 귀를 붙잡고 입을 맞추어 주려다가 또 다시,

"형님도 내 귀 붙잡어"

하였나이다. 저는 그 L의 귀를 붙잡고 입을 맞추었나
이다. 그러나 그때 L은 저를 쳐다보며,

"형님 우네"

하였나이다. 아아 누님, 저의 눈에는 눈물이 나왔읍
니다.

그리고 그 L을 껴안고 울고 싶었읍니다.

5장

여이발사

입던 네마키(자리옷)를 전당국으로 들고 가서 돈 오십 전을 받아 들었다. 깔죽깔죽하고 묵직하며 더구나 만든 지가 얼마 되지 않은 은화 한 개를 손에다 쥐일 때 얼굴에 왕거미줄같이 거북하고 끈끈하게 엉켰던 우울이 갑자기 벗어지는 듯하였다.

오챠노미즈 다리를 건너 고등여학교를 지나 순천당 병원 옆길로 본향을 향하여 걸어가면서 길거리에 있는 집들의 유리창이라는 유리창은 남기지 않고 들여다보았다. 그 유리창을 들여다볼 때마다 햇볕에 누렇게 익은 맥고모자 밑으로 유대의 예언자 요한을 연상시키는 더부룩하게 기른 머리털이 가시덤불처럼 엉클어진데다가 그것이 땀에 젖어서 장마 때 뛰어다니는 개구리처럼 된 것

이 그 속에 비칠 때,

"깎기는 깎어야 하겠구나."

혼자 속으로 중얼거리고서는 다시 모자를 벗고서 코 밑으로 거북하게 기어 내리는 머리를 두어 번 쓰다듬은 후에 다시 땀내 나는 모자를 썼다.

그러자 그는 어떠한 고등 이발관이라는 간판 붙은 집 앞에 섰다. 그러나 머리를 깎으리라 하고서도 그 고등 이발관에는 들어갈 용기가 없었다.

그곳 이발 요금은 자기가 가진 재산 전부와 상등하다. 몇 시간을 두고 별러서 네마키를 전당국에 넣어서야 겨우 얻어 가진 단돈 오십 전이나마 그렇게 쉽게 손에 들어온 지 한 시간이 못 되어서 송두리째 내주기는 싫었다. 그리고 다만 십 전이라도 남겨서 주머니 귀퉁이에서 쟁그렁거리는 소리를 듣게 하는 것이 얼마간 빈마음 귀퉁이를 채워 주는지 모르는 듯하였다.

전기풍선(電氣風扇)이 자랑스럽고 위엄 있게 돌아가

며 제 빛에 뻔쩍거리는 소독기 놓인 고등 이발관을 지나 놓았다. 그리고는 또다시 얼마큼 걸어갔다. 동경만에서 불어오는 태평양 바람이 훈훈하게 이마를 스쳐가고 땅에서 올라오는 복사열이 마치 짐승 튀해 내는 가마 속에 들어앉은 듯하게 한다. 옆으로 살수차(撒水車)가 지나가기는 하나 물방울이 떨어지기도 전에 흥덩이는 지렁이 똥처럼 말라 버린다.

어디 삼등 이발소가 없나 하고 찾아보았다. 삼등 도코야(이발소)에를 들어가면 이십 전이면 깎는다. 학생 머리 하나 깎는 데 이십 전이면 족하다. 그러면 삼십 전이 남는다.

삼십 전. 지출하고도 잔여가 지출액보다 많다. 그것을 생각할 때 얼마간 든든한 생각이 났다. 그래도 주머니 속에 삼십 전이 들어 있을 것을 생각하매 앞길에 할 일이 또 있는 듯하였다.

교의가 단둘이 놓이고 함석으로 세면대를 만들어 놓은 삼등 도코야에 왔다. 속을 들여다보았다.

주인이 신문을 든 채로 졸고 앉아 가끔가끔 물 마른 물방아 모양으로 끄덕끄덕 끄덕거리며 부채로 파리를 쫓는다.

용기가 났다. 의기양양하게 썩 들어섰다. 그리고 주인의 잠이 번쩍 깨이도록,

"곤니치와(안녕하십니까)."

하고 인사를 하였다. 주인은 잠잔 것이 황송한 듯이 벌떡 일어나더니 굽실굽실하면서 방에서 끄는 짚세기를 꺼내 놓으면서,

"어서 오십시오."

인사를 하고서 저쪽 교의 뒤에 가 등대나 하고 있는 듯이 서 있다. 모자를 벗어 걸었다. 그리고 양복 웃옷을 벗은 후 교의에 나가 앉으면서 그래도 못 잊어서 정가표에 써붙인 것을 곁눈으로 보았다. 생각한 바와 마찬가지로 이십 전이다. 적이 안심이 되었다. 그러나 또 없는 사람은 튼튼한 것이 제일이다. 전차를 타려고 전차료

한 장 넣어 둔 것을 전차에 올라서기 전에 미리 손에다 꺼내 드는 것이나 마찬가지로 그래도 튼튼히 하리라 하고 번연히 바지 주머니에 아까 전당표하고 얼려 받으면서 그대로 받는 대로 집어넣은 오십 전 은화를 상고해 보고 전당표를 보이면은 창피하니까 돈만 따로 한 귀퉁이에다 단단히 눌러 넣은 후에 머리 깎을 준비로 떡 기대 앉았다.

머리 깎는 기계가 머리 표면에서 이리 가고 저리 갈 때 그 머릿속으로 여러 가지 궁리를 한다. 물론 돈 쓸 일은 많다. 그러나 삼십 전이라는 적은 돈을 가지고서 최대 한도까지 이익 있게 활용해야 할 것이다. 하숙에서는 밥값을 석 달 치나 못 내었으니까 오늘 낼로 내쫓긴다고 재촉이다. 그러나 집에서는 돈부터 줄 만하지는 못하다. 그렇다고 그대로 있을 수는 없다. 어디 가서 거짓말을 해서 만든 단돈 십 원이라도 만들어야 할 것이다.

삽곡에 있는 제일 절친한 친구 하나가 살그럭대그럭 돌아가는 머리 깎는 기계 소리와 함께 눈앞에 보인다. 그러나 그놈에게 가서 우선 저녁을 뺏어 먹고 돈 몇십 원

얻어 와야겠다. 그놈의 할아버지는 그믐날이면 꼭꼭 전보로 돈을 부쳐 주니까 오늘은 꼭 돈이 왔을 터이지! 나는 며칠 있다가 우리 외가에서 돈을 부쳐 주마 하였다 하고 우선 거짓말이라도 해서 갖다 쓰고 볼 일이지. 그렇다. 그러면 여기서 거기까지 걸어갈 수는 없으니까 전차 왕복에 십 전이다. 십 전이면 될 것이다. 그리고 또 이십 전이 남지?

그것은 이렇게 더운데 얼음 십 전 어치만 먹고 십 전은 내일 아침이나 이따 저녁에 목욕을 갈 터이다. 그래 동전 몇 푼이 남는다, 할 때 기계가 머리끝을 따끔하게 집는다. 화가 났다. 재미있게 예산을 치는데 갑자기 따끔함을 당하니까 그 꿈같이 놓은 예산은 다 달아나고 저는 여전히 교의 위에 앉아 있다.

분풀이가 하고 싶어서 못 견딜 지경이다. 그러나 어떻게 분풀이를 하랴? 일어나서 때려 줄 수도 없고 그렇다고 책망할 수도 없다. 다만,

"이쿠! 아퍼."

하고 상을 찌푸렸다. 놈은 퍽 미안한 모양이다. 허리를 깝죽깝죽하며,

"안되었습니다. 안되었습니다."

할 뿐이다. 석경 속으로 들여다보니까 미안한 표정이라고는 허리 깝죽깝죽하는 것뿐이다. 허리는 그만 깝죽거리고 입끝으로 잘못했습니다 소리는 하지 않더라도 다만 눈 가장자리에 참 미안해하는 표정을 보고 싶었다. 그래서 나도 웬일인지 그놈의 허리만 깝죽깝죽하는 꼴이 아주 마음에 차지 않아서 당장에 무슨 짓을 해서든지 나의 머리끝을 집어뜯은 보복이 하고 싶어 못 견디었다.

그럴 때 마침 놈이 나의 머리를 조금 바른편으로 틀라는 듯이 두 손으로 지그시 건드렸다. 나도 옳다 하고 일부러 왼편으로 틀었다. 고개를 들라 하면 수그리고 수그리라 하면 들었다. 그리고 일부러 몸짓을 하고 고갯짓을 하였다.

그러면서 석경 속으로 그놈의 얼굴을 보니까 이마에 내천자를 그리고 눈썹과 눈썹 사이는 말라붙은 듯이 쭈

글쭈글하다. 화가 나는 것을 약 먹듯 참는 모양이다.

기계를 갖다 놓고 몸을 탁탁 털 적에 긴 한숨 쉬는 소리가 들린다. 그리고는 솔로다 머리를 털면서 내 얼굴을 다시 한번 들여다본다. 어떤 놈인가 자세히 보고 싶은 모양이다.

그럴 때,

"진지 잡수셔요."

하는 은령(銀鈴) 같은 소리가 들린다. 그 목소리 하나만 가져도 미인 노릇을 할 듯한 여성의 소리이다. 깜깜한 난취한 세상에서 가인의 노래를 듣는 듯이 피가 돌고 가슴이 뛰고 마음이 공중에 뜬다.

"밥?"

놈은 기계를 솔로 쓸면서 오만스럽게 대답을 한다. 그것으로써 내외인 것을 짐작하였다.

"이리 와서 이 손님 면도를 좀 해드려."

하는 소리가 분명치 못하게 들리었다. 나는 그 소리를 분명히 이해할 때까지 적어도 이 분은 걸렸다. 왜 그런고 하니 여편네더러 그렇게 손님의 면도를 하라고 할 리가 없는 까닭이다. 그러할 리가 있기는 있다. 동경서 여자가 머리를 깎는 이발관이 한두 군데가 아니지마는 자기의 머리를 여자가 깎아 준다는 것까지는 아주 예상 밖인 까닭이다.

놈이 들어가더니 년이 나온다. 석경 속으로 우선 그 여자의 얼굴부터 상고하자. 그 상고하려는 머릿속이야말로 좋은 기대와 또는 불안이 엉키었다 풀렸다 한다. 남의 여편네 어여쁘거나 곰보딱지거나 무슨 관계가 있으랴마는 그래도 잘 못생겼으면 낙담이 되고 잘생겼으면 마음이 기쁘고 부질없는 기대가 있다.

석경 속으로 비추었다. 에그머니, 나이는 스물셋 아니면 넷인데 무엇보다도 그 눈이 좋고 입이 좋고 그 코가 좋고 그 뺨이 좋다. 머리는 숭없다 좋다 할 수가 없고 허리는 호리호리한데다 잠깐 굽은 듯한데 전신의 윤곽이 기름칠한 것같이 흐른다. 어떻든 놈에게는 분에 과한 미인이요, 만일 날더러 데리고 살겠느냐 하면 한번은 생각해 보아야 할 만한 여자이다.

　손이 면도칼을 집는다. 손도 그렇게 어여쁜 줄은 몰랐다. 갓 잡아 놓은 백어가 입에다 칼을 물고 꼼지락거리는 듯이 위태하고도 진기하다. 이제는 저 손이 나의 얼굴에 닿으렸다 할 때 나는 눈을 감았다. 사람이 경이(驚異)를 좋아하는 것은 아마 통성일 것이다. 나는 그 칼을 든 어여쁜 손이 이 뺨 위에 오는 것을 보는 것보다 눈 딱 감고 있다가 갑자기 와 닿는 것이 얼마나 나에게 경이스러운 쾌감을 줄까 하고서 눈을 감았다.

　비누칠을 할 적에는 어쩐지 불쾌하였다. 그러더니 잔등에 젖내 같은 여성의 냄새와 따뜻한 기운이 돌더니 내가 그 여자의 손이 와서 닿으리라 한 곳에 참으로 그 여자의 따뜻한 손가락이 살며시 지그시 눌리인다. 그리고는 나의 얼굴 위에는 감은 눈을 통하여 그 여자의 얼굴이 왔다갔다하는 것이 보인다. 뺨을 쓰다듬는다.

비단결 같은 손이 나의 얼굴을 시들도록 문지르고 잘라진 꽁지가 발딱발딱 뛰는 도마뱀 같은 손가락이 나의 얼굴 전면에서 제멋대로 댄스를 한다. 그리고는 몰약(沒藥)을 사르는 듯한 입김이 나의 콧속으로 스쳐 들어오고 가끔가끔 가다가 그의 몽실몽실한 무릎이 나의 무릎을 스치기도 하고 어떤 때 나의 눈썹을 지울 때에는 거의 나의 무릎 위에 올라앉을 듯이 가까이 왔다. 눈이 뜨고 싶어 못 견디었다. 그의 정성을 다하여 나의 털구멍과 귓구멍을 들여다보는 눈이 얼마나 영롱하여 나의 영혼을 맑은 샘물로 씻는 듯하랴.

그리고 나의 입에서 몇 치가 못 되는 거리에 있는 그의 붉은 입술이 얼마나 나의 시든 피를 끓게 하고 타게 하는 듯하랴. 그러나 나는 눈을 뜨지 못하였다. 칼 든 여성 앞에서 이렇게 쾌감을 느끼고 넘치는 희열을 맛보기는 처음이다. 면도질이 거의 끝나 간다. 그것이 말할 수 없이 싫었다. 그리고 놈이 밥을 먹고 나오면 어찌하나 공연히 불안하였다.

면도가 끝나고 세수를 하고 다시 얼굴에 분을 바른

다. 검은 얼굴에 하얀 분을 바르는 것이 우습던지 그 여자는 쌍긋 웃다가 그 웃음을 참으려고 입술을 이로 깨무는 것은 가슴을 깨무는 듯이 부끄럽기도 하고 아프게 좋다. ○○○하여 빙긋 웃어 주었다.

그러니까 그 여자는 아주 툭 터져 버리었다. 그리고도,

"왜 웃으셔요?"

하고서 은근히 조롱 비슷하게 나의 어깨에서 수건을 벗기면서 묻는다. 나도 일어서면서,

"다 되었소?"

하고서 그 여자를 보니까 또 보고 웃는다.

"왜 웃어요?"

하는 마음은 공연히 허둥지둥해지고 싱숭생숭해진

다. 그래도 대답이 없이 웃기만 한다. 나는 속으로 '미친 년' 하고서 돈을 내리라 하였다. 그러나 그대로 나가는 것은 무미하다. 웃는 것이 이상하다. 아무리 해도 수상하다. 그래서 어디 말할 시간이나 늘여 보려고 술이 있으면 술이라도 청해 보고 싶지마는 물을 한 그릇 청했다. 들어가더니 물을 떠가지고 나왔다. 나는 그것을 마시면서,

"무엇이 그리 우스워요."

하고 그 여자를 지근거리는 듯이 웃어 보았다.

"아냐요, 아무것도 아니야요."

그 여자는 웃음을 참고 얼굴을 새침하면서 그래도 터질 듯 터질 듯한 웃음이 그의 두 눈으로 들락날락한다. 그 꼴을 보고서, 그의 손을 잡고서 손등을 쓰다듬으며, '손이 매우 어여쁘구려' 하고 싶을 만치 실웅실웅하는 생각이 그 여자에게서 감염되는 듯하였으나 그래도 참고서 요 다음으로 좋은 기회를 물릴 작정 하고,

"얼마요?"

뻔히 아는 요금을 물어 보았다. 그 여자는,

"이십 전."

하고 고개를 구부린다. 나는 오십 전 은화를 쑥 내밀었다. 그 고운 손 위에 그것이 떨어지며 나는 모자를 쓰고 나오려 하면서,

"또 봅시다."

하였다. 그 여자는 쫓아 나오며,

"거스른 것을 가지고 가십시오."

하고서 나를 부른다. 어떻게 그것을 받을 수가 있으랴. 그때에는 삽곡 친구도 없고 빙수도 없고 목욕도 없고 하숙에서 졸리는 것도 없다. 나는 호기 있게,

"좋소."

하고 그대로 오다가 다시 돌아다보니까 그 여자가 그
대로 서서 나를 보고 웃는다. 나는 기막히게 좋다. 나는
활개를 치고 걸어온다. 그리고는 그 여자가 자기와 그 여
자 사이에 무슨 낙인이나 쳐놓은 것처럼 다시는 변통할
수 없이 그 무엇이 연결되어진 듯하였다. 그리고는 말할
수 없는 만족이 어깻짓 나게 하며 활갯짓이 나게 한다.
얼른얼른 가서 같은 하숙에 있는 K군에게 자랑을 하리
라 하고서 겅정겅정 걸어온다.

오다가 더워서 모자를 벗었다. 벗고서 뒤통수에서부
터 앞이마까지 두어 번 쓰다듬다가,

"응?"

하고서 얼굴을 갑자기 쓴 것을 깨문 것처럼 하고 문
득 섰다가,

"이런 제기."

179

하고서 주먹을 쥐고 들었던 모자를 내던질 듯이 휙 뿌렸다.

　"그러면 그렇지, 삼십 전만 내버렸구나."

　하고서 다시 한번 어렸을 적에 앓음으로 쑥으로 뜬 자죽만 둘째손가락 끝으로 만져 보았다.